folio junior

A comme Association

1. La pâle lumière des ténèbres, Erik L'Homme
2. Les limites obscures de la magie, Pierre Bottero
3. L'étoffe fragile du monde, Erik L'Homme
4. Le subtil parfum du soufre, Pierre Bottero
5. Là où les mots n'existent pas, Erik L'Homme
6. Ce qui dort dans la nuit, Erik L'Homme
7. Car nos cœurs sont hantés, Erik L'Homme
8. Le regard brûlant des étoiles, Erik L'Homme

Erik L'Homme

L'étoffe fragile du monde

Gallimard Jeunesse / Rageot Éditeur

À Gaspard Corbin, cousin (très) spirituel de Jasper !

Prologue

Ce soir, c'est LE soir.

Le grand soir.

Pour au moins trois raisons.

D'abord, c'est le solstice d'hiver. La nuit la plus longue de l'année. À partir de demain, les jours cheminent imperceptiblement (mais sûrement) vers l'été et la fin de l'année scolaire. C'est pas chouette, ça ?

Deuxième raison de se réjouir, pour tous ceux qui sont incapables de se projeter dans l'avenir mais qui apprécient néanmoins les expériences musicales : ce soir est celui du premier concert du groupe *Alamanyar*, dont je suis le joueur de cornemuse attitré (et attristant, disent certaines mauvaises langues dont la jalousie n'a d'égal que le manque de goût). Un bon vieux groupe de rock, tirant sur le médiéval et le néo-folk.

Mais foin de catalogage réducteur ! En deux mots : ça dépote.

À propos des potes, Romu et Jean-Lu, respectivement

bassiste et guitariste de notre trio musical (et accessoirement compagnons de galère sur les bancs du lycée), me font signe que ça va être à nous.

Mon cœur fait une embardée.

Ce n'est pas que je sois du genre timide, mais émotif, ça, incurablement.

Et puis, comme toutes les premières fois (enfin j'imagine), on se demande si on va être à la hauteur, si on va tenir la distance. Ni trop rapide ni trop mou. Si l'instrument va tenir le coup.

« Quand faut y aller, faut y aller ! » disait le philosophe Gaston Saint-Langers. Je bois une ultime gorgée d'eau (j'ai la gorge plus sèche encore que d'habitude). La gorgée du condamné. Puis j'avance, ma cornemuse calée sur l'épaule et sous le bras, balayant du regard la petite foule massée devant l'estrade.

Arrêt sur image.

La troisième raison qui fait de cette soirée quelque chose d'épatant me saute aussitôt aux yeux (si je peux me permettre).

Une dizaine de filles, assez largement (et légèrement) vêtues de cuir, lèvent vers nous… des visages attentifs.

– Merci à la déesse des décolletés et au dieu des causes perdues, je souffle à Romu, qui acquiesce en déglutissant.

Romu est long, calme et doux. Des cheveux qui lui tombent sur les épaules, des lunettes rondes à la John Lennon, des santiags, des vêtements noirs usés.

Étonnamment (si si), on se dispute la première place au concours de râteaux avec les filles.

– Ajoute une prière à sainte Cécile, la patronne des musiciens, me glisse Jean-Lu, le seul à rester concentré. Parce que là, il va falloir assurer grave.

Jean-Lu est le meneur du groupe. C'est une force de la nature, dans le genre Obélix plutôt que Conan le Barbare. Il a le bagout d'un bonimenteur de foire. En ce moment, il se laisse pousser la moustache et le bouc. On commence à s'y faire, avec Romu. D'autant que ça semble franchement repousser les filles, et par voie de conséquence, la perspective d'une aventure réussie (on est en compétition tous les trois) !

La salle du *Ring*, pub irlando-gallois fréquenté indistinctement par les étudiants et les goths métalleux, est bondée. Je sais bien qu'elle n'est pas très grande mais quand même, ça fait son effet.

Jean-Lu prend la parole.

Il y a des grandes gueules qui s'écrasent quand la pression est trop forte. Notre ami nous prouve qu'il est d'un autre tonneau.

De sa voix tonitruante, donc, il présente le groupe.

– Bonsoir gentes demoiselles et délicats jouvenceaux !

Personnellement, je trouve qu'il en fait souvent trop.

– *Alamanyar*, c'est en hommage à une tribu d'elfes qui auraient très bien pu faire étape au *Ring*, si cet endroit existait à l'époque.

Ce que Jean-Lu ne dit pas, c'est que les elfes en question sont partis un jour d'on ne sait où et ne sont jamais arrivés nulle part.

– L'elfe à ma gauche joue de la basse et s'appelle Romu !

Applaudissements faiblards.

– L'elfe à ma droite, à la cornemuse, c'est Jasper ! rugit Jean-Lu de plus belle.

Il faudra penser à utiliser une pancarte : « Applaudissez », la prochaine fois.

Je me compose un sourire détaché et avance jusqu'au micro.

– À la guitare, Jean-Lu, j'essaye de dire le plus sensuellement possible.

Gring-gring. Premiers accords. Suivis de près par les dong-dong de la basse. Je remplis la poche de ma cornemuse. C'est mon tour. Oin-oiiiiiiin.

Comme Jean-Lu l'a dit, je m'appelle Jasper.

Je suis assez grand, mince (ma mère dit maigre, mais pour n'importe quelle mère, quand on n'est pas en surpoids flagrant, on est malade). J'ai les cheveux noirs en bataille, la peau blafarde et les yeux charbon. J'aurai seize ans demain et je fréquente le lycée Christophe-Lambert, dans un coin plutôt tranquille de la capitale. En classe de première. Mais c'est sans intérêt. Rien d'emballant à fréquenter cette halle aux légumes où l'on parque les ados en attendant qu'ils mûrissent. Les filles me snobent. Parce que, comme mes petits camarades, je m'habille toujours en noir, ou bien parce que j'ai l'air trop mystérieux ? J'imagine qu'on peut cocher la case « Autre ».

S'il n'y avait pas Romu, Jean-Lu et *Alamanyar*, ma scolarité serait un naufrage et le lycée une antichambre de l'enfer.

En fait, tout ce qui m'intéresse dans la vie (et qui, du coup, rend ma vie intéressante), c'est… c'est trop tôt pour en parler.

Et puis le premier morceau s'achève et arrache un élan d'enthousiasme au parterre de jolies fleurs outrageusement maquillées.

On se regarde tous les trois sans y croire. C'est la première fois que je vois Jean-Lu rester sans voix. Romu sauve le coup et murmure un « merci » au micro avant d'arracher quelques nouveaux blong-blong à sa basse. J'enchaîne avec un oiiiiiiin incandescent. Jean-Lu se réveille, hurle à la lune et lance « Arm Strong », un morceau qui décolle.

Ça commence à se déhancher sauvage, en dessous.

L'avantage de la cornemuse, c'est qu'on a le droit d'avoir les joues rouges.

En fait, notre répertoire est assez limité. Puristes, on joue nos compos, pas plus. Résultat, au bout d'une heure, quand nous avons tout joué deux fois, le propriétaire du *Ring* relance la sono, nous laissant seuls sur l'estrade avec notre sueur, nos sourires béats et le matos à ranger.

– On a cassé la baraque, non ? lâche Romu.

– Un peu, oui ! s'exclame Jean-Lu. C'était énorme ! Tu en dis quoi, Jasp ?

– Que c'était un des plus beaux moments de ma vie, je soupire, juste avant de vider la moitié de ma bouteille d'eau.

Et je le pense. Qui n'a jamais réussi à se glisser, même de façon fugace, dans la peau d'une rock-star, ne peut pas comprendre cette impression. Sentir le public entrer en résonance avec la musique qu'on joue, c'est… énorme, Jean-Lu, ouais, énorme.

– S'il vous plaît !

Deux garçons et une fille habillés de métal et de cuir se sont approchés de l'estrade. Les mecs sortent tout droit d'un film d'horreur mais la fille est hyper mignonne.

– On peut quelque chose pour vous ? s'enquiert Jean-Lu, affable, en suant comme une fontaine.

Le plus grand des garçons l'ignore superbement tout en me faisant signe. Il me passe une revue luxueuse sur laquelle s'étalent les formes voluptueuses d'une fille baptisée « La reine de la nuit » par l'auteur de l'article. Elle est vêtue (ou plutôt dévêtue) dans le plus pur style gothique.

Je mets un moment avant de la reconnaître.

– Ombe ! je m'exclame sans en croire mes yeux.

Les trois goths échangent un regard entendu.

– Waouh, dit simplement Romu en dévorant les pages des yeux. Tu la connais ?

– Cachottier ! beugle Jean-Lu, en me balançant une grande claque sur l'épaule. Vas-y, raconte !

– Il n'y a rien à raconter, je réponds, empourpré. C'est juste une copine qui… Enfin…

Mes amis m'observent avec intensité. Je tente de faire diversion et je m'adresse aux trois gothiques, sur un ton soupçonneux :

– Comment vous saviez que je la connaissais ?

Pour toute réponse, le second garçon sort un journal plié de sa poche et me le tend. Il y est question d'un film à gros budget utilisant comme cadre l'enceinte du lycée Pierre Bordage. Un film qui aurait mal tourné.

L'intéressant n'est pas là, mais dans les deux photos qui accompagnent l'article.

La première montre l'actrice principale devant un gros tas de terre. Actrice qui n'est autre qu'Ombe !

La suivante, sous-titrée : « Idylle avec un rocker », nous présente, elle et moi, marchant côte à côte dans la rue.

La tête commence à me tourner.

– Faux frère ! gronde Jean-Lu. Tu te sors un méga canon et tu nous le caches !

– Moi, si j'étais à sa place, j'aurais peut-être fait pareil, dit Romu en venant mollement à mon secours.

Tous deux affichent un air clairement désapprobateur.

J'hésite un moment. Après tout, je pourrais très bien présenter Ombe comme ma petite amie. Il y a une photo qui l'atteste ! Mais en fermant les yeux, en m'imaginant l'expression dégoûtée d'Ombe, puis celle, déçue, de Romu et de Jean-Lu, j'ai aussitôt honte d'avoir songé un seul instant à mentir. Je cache des choses à mes amis, c'est vrai. Mais je ne les ai jamais menés en bateau.

– Écoutez, je dis après avoir respiré un grand coup, mettons les choses au point. Cette nana s'appelle Ombe et c'est la fille la plus sexy que je connaisse. Malheureusement, c'est juste une copine ! On suit les mêmes cours particuliers, dans la même boîte privée de remise à niveau scolaire. Évidemment que j'aimerais sortir avec elle ! Tout le monde en rêve ! Mais ce n'est pas le cas. C'est juste une copine (je martèle les derniers mots). D'accord ?

– Pourtant, le journaliste…, tente encore Jean-Lu.

– Ne me dis pas que tu crois ce que racontent les journalistes, maintenant !, je m'énerve.

Jean-Lu lève la main dans un geste apaisant.

– C'est vrai qu'il utilise aussi le mot « rocker » en parlant de toi. Disons que je n'ai rien dit ! Fin de l'épisode. Ça te va ?

– Ça me va. Romu ?

Romu est encore scotché devant les photos d'Ombe dévoilant ses charmes.

– Mmmh ? Oui, ça me va.

Je lui arrache le magazine des mains (j'en profite pour retenir le titre, il y a un kiosque à journaux en bas de chez moi !) et je le rends aux goths, qui ont assisté sans broncher à la scène.

– Tu ne sais pas où on pourrait la trouver, ta copine ? me demande la fille en battant des paupières. On voudrait qu'elle nous dédicace les photos. Elle est tellement... comme nous !

Je regarde cette fille splendide et je ne ressens rien. Enfin, rien du côté du cœur ! Non, Ombe n'est comme personne. Mais je ne peux pas leur dire.

– Je sais juste qu'elle crèche du côté de la rue Muad' Dib, je lâche pour mettre un terme à cet épisode embarrassant. Je ne suis jamais allé chez elle. On se voit dehors. Irrégulièrement, je précise en jetant un regard appuyé à mes deux copains qui font semblant de se désintéresser de la conversation en rangeant la sono.

Lorsque je me retourne vers les trois gothiques, ils ont disparu. Je cherche à les repérer au milieu de la faune du *Ring*. Sans succès.

J'éprouve un soulagement, mais également une sensation désagréable. Cette scène n'aurait jamais dû avoir lieu. C'est comme si des digues s'étaient rompues et avaient brusquement mis en contact des univers totalement étrangers. Pas faits pour se rencontrer.

Je me mords une lèvre.

Qu'est-ce qui m'a pris de parler d'Ombe à des inconnus ?

– Avant de te répandre à tort et à travers, tourne sept fois ta fichue langue dans ta bouche ! je grommelle à voix haute.

Autant le dire tout de suite, je ne suis pas seulement

le roi du calembour et des jeux de mots pourris. Je suis aussi bavard. Très bavard.

Cependant le mal est fait et je dois réparer mes bêtises. Comment ? En appelant Ombe, bien sûr, pour tout lui raconter.

Je me réfugie dans un coin de la salle et je sors mon téléphone.

– Ombe ? je dis quand elle décroche.

– *Ouais*.

Je comprends tout de suite que je tombe mal. Ce qui ne signifie rien puisque j'ai le sentiment de ne jamais tomber bien, avec Ombe.

– Oui... euh... désolé si je t'embête. C'est juste que j'ai fait une boulette ce soir et…

– *Attends !*

À l'autre bout des ondes, j'entends des raclements sur le sol et la voix étonnée d'Ombe s'adressant à quelqu'un :

– *Qu'est-ce que tu fiches ici ?*

– Ombe ? je dis. Tout va bien ?

Mais elle parle toujours à son mystérieux interlocuteur :

– *Eh, t'es sûr que ça va ?*

Je sais que ça ne sert à rien mais je hausse la voix dans le combiné.

– Ombe, tu m'entends ?

– *Merde !* a-t-elle juste le temps de dire avant un grand « clang ! », suivi d'un gros « scroutch ».

Tuuut-tuuut-tuuut.

Une décharge d'adrénaline m'oblige à m'adosser contre le mur. Fébrile, je recompose le numéro, encore et encore. Chaque fois je tombe directement sur son répondeur.

L'évidence me fait l'effet d'une bombe. Ombe a un problème. Ombe est en danger !

Je bois un peu d'eau, en me forçant au calme. Elle est sûrement en mission. Et elle a rencontré quelqu'un d'hostile.

Mon premier réflexe est de composer le numéro d'urgence de l'Association. L'Association ? L'Association !

En deux mots, pour ceux qui sont montés en marche (eh, il ne faudrait pas que ça devienne une habitude !) : les humains ne sont pas seuls sur notre bonne vieille terre. Ils partagent le monde avec des créatures diverses, vampires, trolls, loups-garous, gobelins, goules, esprits du feu ou du vent, vouivres et autres monstres de la terre et de l'eau (pour faire cours, euh, court). L'Association, elle, gère la cohabitation entre le monde des créatures, aussi appelées Anormaux, et celui des humains, ou Normaux, plus nombreux mais plus vulnérables. Pour réussir ce tour de force, l'Association utilise les ressources d'une troisième catégorie d'individus : les Paranormaux. Des humains dotés d'aptitudes particulières. De pouvoirs, quoi.

C'est là qu'Ombe et moi on entre en piste.

Parce qu'on est tous les deux des Paranormaux. Des Agents (stagiaires, pour l'instant, c'est-à-dire qu'on fait tout le sale boulot – sauf les photocopies) chargés par l'Association de maintenir l'équilibre entre les différentes communautés.

Quels sont les pouvoirs d'Ombe ? Je n'en sais rien. L'article 5 du règlement le stipule : « L'Agent ne révèle jamais ses talents particuliers. »

Quant à moi… Pas le temps de m'étendre, on verra plus tard. Mais j'ai déjà survécu à l'attaque de bandits armés jusqu'aux dents, d'un démon terrifiant et d'un puissant vampire !

Ainsi qu'à quelques situations dont le ridicule aurait poussé la moitié de l'humanité au suicide.

Il y a plus de deux mots mais j'ai prévenu, je suis bavard.

Je reprends : est-ce que je vais appeler l'Association pour lui signaler l'incident avec Ombe ? Réponse : non. Pourquoi ? Parce que je suis astreint au silence pendant presque deux semaines. C'est ballot, non ?

Suite à un malentendu survenu au cours de ma dernière mission, Walter, le chef du bureau parisien de l'Association, m'a suspendu pour quinze jours. Ce qui implique le silence radio avec les autres Agents.

Je secoue la tête devant l'absurdité de la situation. Je ne vais quand même pas abandonner Ombe à son sort ! Je suis sûr qu'il existe un moyen légal de contourner l'interdit de Walter. C'est vrai, l'article 7 est très clair : « L'Agent se conforme strictement à sa mission. » Mais que dit l'article 8 ? « L'aide à un Agent en danger prime sur la mission. » Si ma mission est de ne pas être en mission, alors l'article 8 prend le pas sur l'article 7 !

Ça, c'est fait. Et puis je déteste le formalisme bureaucratique (c'est mon père qui dit ça, en général juste avant de frauder le fisc).

Je continue de réfléchir à toute vitesse. Avec le matériel adéquat, je pourrais retrouver la trace d'Ombe. J'ai tout ce qu'il faut à la maison.

Je vois déjà le tableau. Un chevalier galopant au secours d'une demoiselle en danger... Ombe poussant des cris de joie et me manifestant tout aussi bruyamment sa reconnaissance...

Je tire violemment sur la bride de mes fantasmes. Ce n'est pas le moment, franchement ! D'autant qu'il reste un dernier problème à régler. Un problème de taille (mon regard se porte sur Jean-Lu), plutôt sérieux (il se pose sur Romu) : il est prévu que nous fêtions ensemble, tous les trois, notre premier concert.

Là, mon cœur se serre vraiment. On attendait ce moment depuis longtemps, avec une impatience fébrile. Et je vais leur poser un lapin à cause d'une poule que je leur ai soigneusement cachée.

Double trahison.

Je sais qu'ils n'ont pas fini de me chambrer au sujet d'Ombe. Je m'en fous, je le mérite. Je suis prêt là-dessus à tout endurer. Mais les abandonner, les laisser tomber ce soir ! Notre amitié risque de prendre du plomb dans l'aile.

Si encore je pouvais leur raconter... Tenu par le

secret, je suis condamné à supporter ma vie entière les reproches douloureux et muets de mes deux meilleurs amis.

D'un autre côté, avoir la mort d'Ombe sur la conscience n'est pas une perspective plus réjouissante.

Désolé, les gars. Si vous m'aimez encore un tout petit peu, vous me pardonnerez. À charge de revanche.

D'énorme revanche, promis.

Je récupère ma sacoche posée contre un mur des coulisses et je me dirige vers Jean-Lu et Romu, avec l'entrain d'un condamné marchant vers la guillotine.

1

J'habite avenue Mauméjean, au numéro 9. Un gigantesque duplex perché tout en haut d'un immeuble haussmannien carrément imposant.

Un premier code permet d'entrer dans un hall sous surveillance (celle de notre concierge et de son chat Léon – à cause du film, pas de Tolstoï). Un deuxième code et, derrière une porte vitrée, on accède à l'ascenseur qui exige à son tour un troisième code pour s'ébranler.

Si un seul des onze propriétaires se fait cambrioler un jour, c'est qu'il aura lui-même engagé les voleurs !

Sur mon palier, au sixième, une seule porte et trois serrures, que je mets toujours cinq minutes à ouvrir. Pour rien, en fait. Car il existe un quatrième verrou. Un verrou invisible, beaucoup plus efficace que tous les autres.

C'est moi qui l'ai apposé.

Je n'ai pas dit posé, parce qu'il est rare qu'on « pose » un sort sur une ouverture. On l'appose, c'est comme ça, j'y peux rien.

J'avais dit que je révélerais « plus tard » ma particularité, celle qui me vaut mon statut d'Agent (stagiaire) de l'Association. Eh bien, je crois que c'est le moment. Avant qu'on m'appose la question !

Je suis magicien.

Voilà voilà.

Ceci explique la présence sur la porte d'un sortilège anti-intrus.

Seuls ma mère, mon père et moi (et ceux qui nous accompagnent, bien sûr) pouvons entrer dans l'appartement sans griller comme des saucisses.

Ainsi que Sabrina. Ma gouvernante.

Je sais, une gouvernante, ça fait un peu cliché. Genre gosse de riches ou fils à papa. Alors autant c'est vrai pour le premier, autant c'est à côté de la plaque pour le deuxième.

Mes parents sont (très) rarement là.

Mon père est un homme d'affaires qui a toujours à faire. Il court le monde comme d'autres courent les filles. Saute d'un avion dans un autre. Heureusement que j'ai une photo récente de lui dans un cadre, sur mon bureau, sinon je ne serais pas sûr de le reconnaître la prochaine fois.

Ma mère, je la vois plus souvent. Pas assez. Elle participe à tous les stages qui existent, sous condition d'un ésotérisme clairement affiché. La semaine dernière, c'était poterie tibéto-alsacienne en Ardèche. Là, je crois que c'est méditation brésilo-lituanienne à Séville. Étonnant, non ? comme diraient des proches.

Donnée supplémentaire : ma mère est une sorcière. Pas une vraie sorcière, non ! Une sorcière qui joue à faire de la magie.

C'est une wicce, comme la Willow de la saga *Buffy*, les pouvoirs en moins. Elle appartient à la Wicca, une communauté internationale de gens pacifiques se réclamant de l'Ancienne Religion, celle qui voue un culte à la nature. Une philosophie autant qu'un art de vivre. Les pratiques et les rites consacrés aux énergies, ainsi que les célébrations des cycles naturels, manifestent un salutaire respect des forces élémentaires. L'unique règle de ces gens est : « Fais ce qu'il te plaît tant que cela ne nuit à personne. »

Je trouve ça plutôt sympathique.

C'est en pratiquant avec ma mère, tout petit, que j'ai commencé à développer mes pouvoirs. Elle ne s'est jamais rendu compte que les énergies venaient plus volontiers quand je l'aidais à tisser des sorts. Elle m'a entraîné plusieurs fois dans des covens, ces rassemblements de wiccans célébrant leurs rites dans la nature. C'est pour ça que je sais de quoi je parle !

Mais on ne vit pas de souvenirs quand on a seize ans.

Et la seule chose qui compte, c'est qu'une fois de plus, ce soir comme de très nombreux autres soirs, je me retrouve seul.

Je referme la porte derrière moi et je reprends mon souffle. Parce que j'ai couru sur le trajet, une fois mes camarades plantés avec de vagues excuses, nulles et bégayantes. J'ai couru d'autant plus vite que je me trouvais minable et que je voulais étouffer dans les ahanements du sprint un horrible sentiment de culpabilité.

Ce sentiment n'a pas disparu. Je le sens palpiter au fond de moi. Mais ce que je dois accomplir maintenant nécessite de la concentration, alors je m'efforce de ne plus y penser.

Je cours à nouveau, dans le couloir. À gauche la cuisine ultramoderne où Sabrina a déjà installé mon petit déjeuner, à droite la salle de réception où je ne mets jamais les pieds, à gauche la salle à manger où je ne vais jamais non plus, à droite le salon que j'ai transformé en lieu de vie, tout à la fois réfectoire, squat pour les potes et salle de cinéma.

À gauche enfin, ma chambre, où je m'engouffre.

Je jette ma cornemuse sur le matelas posé à même le plancher, sous un poster du *Seigneur des anneaux* constellé de runes. Ma veste de toile atterrit sur un fauteuil en vieux cuir craquelé. Avec la sacoche noire qui ne me quitte jamais (enfin presque, parce que je me lave parfois, faut pas croire tout ce qu'on dit sur les ados), je retourne dans le couloir et me dirige vers la dernière pièce. La seule qui soit fermée à clé.

Mes parents occupent l'étage au-dessus et laissent toujours tout ouvert. Mais je n'y vais pas, même pour me baigner dans la piscine chauffée ou profiter de la terrasse. Mon domaine consiste donc en trois uniques pièces : salon, chambre et… bureau.

Disons plutôt laboratoire.
Je tourne la clé dans la serrure.

La pièce est plongée dans la pénombre. D'épais rideaux empêchent la lumière du jour (et celle de la nuit parisienne, par la même occasion) de se répandre à l'intérieur. J'allume une grosse bougie posée sur un chandelier en fer forgé. Ici, pas d'alimentation électrique. Je l'ai supprimée, ça faisait des interférences.

Je sors mon téléphone portable et je le pose sur un coin de la lourde table en bois encombrée d'alambics et d'outils de toutes sortes, juste à côté de mon collier fétiche. Un collier protecteur (en fait un rubis, un diamant et un jade enfilés sur un cordon de cuir) que j'ai l'habitude de porter. Il a méchamment morflé il y a quelques jours, au cours d'une attaque au Taser et, accaparé par les répétitions, je n'ai pas trouvé le temps de le purifier et de le régénérer.

La table est entourée d'un pentacle gravé sur le plancher.

Le pentacle est au magicien ce que sa coquille est à l'escargot : il l'isole et le protège, contre les éventuels retours de sort, les agressions et les énergies négatives. À la façon d'un champ de force. Un pentacle bien fait en valant deux, j'ai doublé les lignes et rempli l'intervalle de caractères runiques.

Mon téléphone est éteint. Je l'ai débranché aussitôt ma décision prise. Pas pour faire le mort (encore que) mais pour éviter de parasiter le lien établi entre l'appareil d'Ombe et le mien. Je fronce les sourcils. Quel ouvrage, déjà, mentionne le sortilège permettant de transformer un simple mobile en mouchard GPS à options multiples ?

Ma bibliothèque couvre un mur entier du laboratoire. Elle regroupe tout ce que je trouve, au hasard de mes déambulations chez les bouquinistes, concernant les pratiques magiques et les créatures hantant la part sombre de notre monde. Depuis les récits légendaires jusqu'aux *Livres des Ombres*, en passant par plusieurs romans et bandes dessinées particulièrement inspirés.

Un *Livre des Ombres*, c'est en quelque sorte le journal intime d'un sorcier ou d'une sorcière, le rapport personnel de ses découvertes et expériences. Généralement, il se transmet à l'intérieur d'une même famille, de génération en génération. Mais il arrive qu'un sorcier meure sans descendance, ou que les héritiers s'empressent de vendre ses possessions à un brocanteur ou à un chiffonnier, selon leur état d'esprit. Moi, je les achète. Et grâce au bouche-à-oreille, ma collection s'étoffe rapidement.

Voilà celui que je cherche : le *Livre des Ombres* de Julie dite Yeux de braise. Une fille morte à vingt-deux ans, renversée par une voiture. Je secoue la tête. Sacré gâchis. Elle était vraiment douée.

Je fouille ensuite parmi les bocaux remplis d'herbes, posés sur d'autres étagères, à côté des flacons d'huiles et des bouteilles de potions, des sachets de poudres, des morceaux de pierre et des bouts de métal.

Suivant à la lettre les recommandations de Julie Yeux-de-braise, je dépose près du téléphone quelques baies de genévrier (pour ouvrir la porte des limbes) et quelques pétales de rose (pour établir le contact). J'ajoute, touche personnelle, une feuille de houx pour prolonger la durée du sort et de l'écorce d'aubépine séchée. À quoi sert l'aubépine ? Euh, à rien. On dit que l'aubépine favorise les rencontres amoureuses. Mais elle a beaucoup d'autres vertus ! Par exemple, elle épaissit la fumée.

On néglige trop le côté esthétique de la magie.

Je continue.

Tout rituel fait intervenir le feu sous ses deux formes : la flamme qui éclaire et le charbon qui chauffe. Je déplace le chandelier à l'est et ranime le brasero. Je vérifie ensuite que le chaudron en bronze, placé au sud au-dessus d'un bec Bunsen inactif, est rempli d'eau. J'allume un petit ventilateur à piles fixé sur une étagère, au nord. Enfin, je sors de ma poche la terre ramassée en quittant le *Ring* dans un bac à fleurs et je la répands dans une assiette en terre cuite, à l'ouest. Rien de nouveau, quoi.

Feu, Eau, Air, Terre. Les quatre éléments sont réunis, les choses sérieuses peuvent commencer. Si je m'étais lancé dans la confection d'un sort majeur, je n'aurais rien fait sans avoir préalablement activé le pentacle. Mais il s'agit d'un sort mineur, alors je m'offre le luxe de gagner du temps.

On peut utiliser les plantes de plusieurs manières, en poudre ou en décoction par exemple. Le sort de Julie Yeux-de-braise, lui, réclame de la fumée. Je jette donc dans le brasero les baies, les pétales, la feuille et l'écorce.

Les végétaux se consument en formant de jolies volutes blanches (je l'avais bien dit !) : premier acte.

Deuxième acte : je saisis mon téléphone et le maintiens dans la fumée.

Troisième acte, je prononce les fameux mots magiques qu'apprennent la plupart des enfants dès qu'ils savent parler : « s'il vous plaît ».

Toutes les choses ont un nom. Un nom, c'est un ensemble de sons familiers liés à une essence. Nommer une chose, c'est attirer son attention. La nommer correctement, c'est la rendre réceptive. C'est pour ça que la magie est difficile. Rien à voir avec les films et les livres où, à coups de formules bidon et de baguette magique agitée au hasard, on fait sortir un lapin d'un choixpeau. Il faut connaître le nom des choses pour pouvoir les charmer, avant même de songer à les utiliser. Ces noms, on les découvre en tâtonnant, en faisant fonctionner son intuition et son intelligence.

Quand j'ai commencé à apprendre la magie, j'ai compris que le monde, bien que désenchanté par les hommes qui le considèrent désormais de manière purement esthétique ou utilitaire, est resté réceptif : on peut communiquer avec lui.

J'ai ensuite cherché de quelle façon et je me suis dit

qu'il devait bien exister un langage auquel le monde s'était habitué, quand il n'était pas encore réduit au silence ! J'ai découvert que ce langage était celui des elfes avant leur exil. Le haut-elfique, pour être précis.

Bien sûr, la maîtrise des rituels et de sa propre énergie intérieure permet de pratiquer la magie en utilisant des langues comme le latin, le sanskrit ou le gaélique. Le runique également, qui est particulièrement efficace. Recommandé, même, dans les situations d'urgence ! La magie fonctionne aussi avec des langues récentes comme l'anglais ou le français. Parce que chaque langue contient une part, grande ou petite, des temps anciens.

Mais plus on s'éloigne des origines et plus le lien se distend.

Le vieil elfique ou quenya, lui, est plus vieux que les hommes.

J'ai parlé de « s'il vous plaît ». Les sorciers (enfin, les sorciers polis) disent s'il vous plaît aux choses qu'ils sollicitent. Parce que ça marche mieux. Demander plutôt que contraindre donne toujours de meilleurs résultats.

Un sorcier noue avec les choses des alliances, éphémères certes, mais des alliances quand même.

En même temps que les plantes se consument dans mon brasero, noyant mon téléphone portable dans la fumée, je prononce les mots qui activeront leurs pouvoirs, définiront leur objectif et les pousseront à le réaliser :

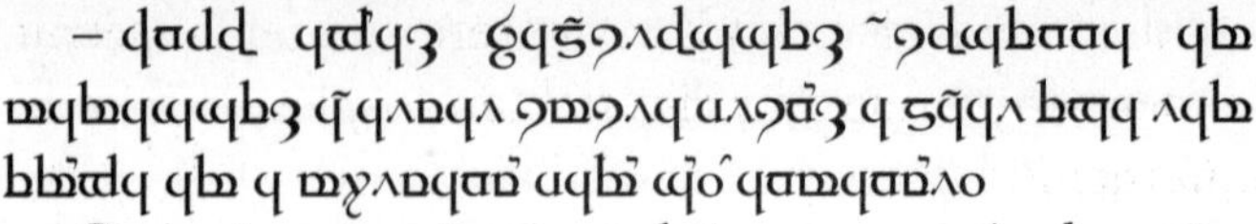

Ce qui pourrait se traduire par : « *Ando avëa, kampilosse, piosenna ar tarasse, a palyal itila hlinë, a mapal exa lar erëva ar a tulyanyë harë së. Hantanyël.* » Et qui signifie : « Porte de l'au-delà (c'est le genévrier), rose, houx et aubépine, ouvrez largement la toile d'araignée étincelante, rejoignez l'autre oreille d'acier et conduisez-moi près d'elle. Je vous remercie. »

Mon quenya n'est pas toujours correct. C'est une langue difficile. Mais je me suis jusqu'à présent toujours fait comprendre. En tout cas, aucune plante ni aucun bout de métal ne se sont jamais plaints de ma syntaxe.

La fumée s'estompe rapidement. Je jette un coup d'œil au téléphone : il s'est allumé tout seul et luit d'une lumière bleutée qui ne provient d'aucune ampoule.

– Parfait ! je me félicite, parce qu'il n'y a personne d'autre pour me jeter des fleurs.

Une piste me relie désormais à Ombe. À son téléphone, plutôt. Bien.

Suite des préparatifs : qu'est-ce qui m'attend là-bas ? Si Ombe est blessée, elle aura besoin de soins. Si son adversaire est toujours sur place, il faudra que je me défende. L'espace d'un instant, je regrette de ne pas pouvoir compter sur mon collier qui m'a déjà tiré d'un mauvais pas. Ça m'apprendra à repousser au lendemain ce que j'aurais été bien inspiré de faire le jour même !

J'opte finalement pour un compromis et bourre ma sacoche d'ingrédients propres à contenter le guérisseur et le guerrier que je vais peut-être devoir jouer ce soir.

J'éteins le ventilateur, la bougie, ferme la porte à clé et, excité comme une puce, saute dans la chambre pour récupérer ma veste. Mon regard accroche l'agrandissement d'une photo d'*Alamanyar* prise lors de la dernière fête de la Musique. Ça me fait l'effet d'une douche froide. J'ai l'impression que Romu et Jean-Lu secouent la tête en me fixant avec des yeux remplis de reproches et d'incompréhension.

J'appuie sur l'interrupteur pour mettre fin au supplice. Noir. Rideau.

Je fais un détour par la salle de bains, pour asperger mon visage d'eau froide, boire longuement et remplir ma bouteille. En évitant de me regarder dans le miroir.

Dans l'ascenseur qui me conduit au sous-sol, je pense à mes amis, à ce que je leur dirai quand je les reverrai, et j'en viens presque à souhaiter de ne pas revenir vivant de cette vraie-fausse mission !

J'ai dit presque.

Je suis trop lâche (ou trop courageux, toujours l'image de la bouteille à moitié pleine ou à moitié vide) pour me faire peur longtemps avec l'idée de mourir.

Les épaules basses, je marche sur le sol en béton du garage vers les emplacements réservés aux deux-roues. Au cours d'une mission précédente, j'ai dû emprunter le scooter d'un frimeur pour ne pas me laisser semer par un groupe de magiciens foireux. Dans la perspective d'une autre urgence, j'ai puisé dans mon compte en banque (très largement approvisionné par mon père qui pense, comme pas mal de pères, j'imagine, qu'on peut acheter son absence) pour m'en offrir un (de scooter, pas de père). Gris anthracite. Une bombe, débridée grâce à un petit supplément glissé discrètement à un apprenti du garage.

Mes parents ne sont pas encore au courant. Je n'ai, hélas, pas eu l'occasion de leur en parler.

Je sors le casque du top-case, bourre ma sacoche à la place et enfourche le scooter. Je glisse le téléphone portable dans le compartiment prévu à cette fée, comme on dit, juste devant moi. Puis je fonce vers la rampe de sortie.

– Tenez bon, doulce Ombe, je marmonne dans mon casque, grisé par les vibrations et les pétarades du moteur deux temps. J'arrive à bride abattue sur mon puissant destrier, chevauchant à travers monts et plaines pour vous porter secours. Montjoie ! Montjoie !

Puis je fredonne, dans la quiétude qu'offre la certitude de n'être entendu par personne, un petit air de circonstance :

« Riders on the storm
There's a killer on the road…
Riders on the storm[1]*… »*
Oui, j'aime quand les *Doors* me portent.

1. The Doors, « *Riders on the storm* ».

2

En réalité, mon téléphone n'est pas vraiment devenu un GPS. Le fond d'écran ne s'est pas transformé en carte ni mon scooter en point lumineux. Mais, à la place de la photo d'Ombe (prise pendant une formation sans qu'elle s'en aperçoive), une flèche bleue aux contours incertains pulse tranquillement, m'indiquant la direction à suivre.

Je tourne la poignée des gaz à fond. Vu l'itinéraire, je parie ma cornemuse que je vais encore me retrouver dans une zone industrielle de banlieue.

Peu à peu, en effet, ma trajectoire s'infléchit et me précipite droit sur les quais de Seine. Paris est tout proche mais ce n'est plus Paris. Il paraît que le simple fait de franchir le périphérique projette le quidam dans un autre monde. Nonobstant les snobs, ce n'est pas complètement faux. Entouré de douves d'asphalte grouillantes de monstres métalliques, Paris est redevenu une île.

Au bord du fleuve qui charrie une eau noire et profonde, plusieurs entrepôts décrépis se dressent à côté de grands conteneurs rouillés, dans un pathétique concours du truc le plus moche. Pour ajouter à l'ambiance, le contenu putride de poubelles éventrées patauge dans des flaques d'eau dégueulasses.

La flèche de mon téléphone mystifié devient folle. Je coupe le contact et me laisse entraîner, tout doucement et sans bruit, dans la pente qui mène aux entrepôts, frissonnant encore de ma course dans l'air froid de décembre. Des réverbères haut perchés éclairent la zone protégée par un solide grillage. Un panonceau révèle que le secteur est sous la surveillance de maîtres-chiens.

Le sortilège de Julie Yeux-de-braise est formel : le téléphone d'Ombe se trouve là, quelque part dans cet endroit pourri.

Je commence par mettre mon scooter à l'abri, derrière un conteneur. Puis je réfléchis.

Deux options s'offrent à moi pour accéder à la zone : la première, physique, consiste à escalader la barrière. La seconde, magique, à l'escamoter. Toutes les deux me conduisent à un autre problème : comment échapper aux vigiles ? Là encore, deux solutions. La première, physique, ne réclame que de la rapidité, des réflexes et de la discrétion (ramper, quoi). La seconde, magique, demande… plus de temps que j'en aurai jamais.

Je soupire à l'idée de sacrifier mon pantalon neuf et ma veste contre les griffes du grillage et la crasse du sol, quand une troisième option s'impose à mon esprit. Ne jamais oublier : il y a toujours une troisième option tapie quelque part. En l'occurrence : comment Ombe a fait pour entrer ?

Les semelles crantées de mes solides chaussures en cuir foulent silencieusement le goudron du quai. Il ne manquerait plus que ça, partir en mission avec des talons ! J'imagine très bien le ricanement d'Ombe : « Pourquoi pas en santiags, tant qu'on y est ? »

Même mon téléphone se trouve dans l'incapacité de sonner.

Elle serait fière de moi.

Je n'ai pas besoin de chercher longtemps. Un trou flambant neuf dans le grillage m'indique clairement la voie à suivre. C'est déjà ça de gagné pour mon jean ! Je me glisse dans le parc et, silencieux comme ces ninjas dont je pourrais être le fils spirituel si on prenait en compte le nombre d'heures passées devant les films qui leur sont consacrés, je me planque derrière une poubelle puante.

Personne. Pas un bruit de botte, pas un grognement de chien. Apparemment, Ombe s'est aussi occupée des vigiles.

Je cours plié en deux jusqu'au hangar le plus proche, qui est aussi le plus grand. Une porte bâille, rouillée comme le reste. Je l'ouvre. Évidemment, elle grince et le vacarme résonne interminablement (minablement, blement, ment) à l'intérieur du bâtiment. Je m'immobilise, le cœur battant.

Rien, aucune réaction. Un silence de mort.

L'obscurité est totale. Je fouille dans ma sacoche et extirpe du fouillis sortilégineux une petite lampe-torche que j'allume aussitôt.

L'entrepôt est vaste. Moins que le dernier que j'ai visité et où j'ai failli laisser ma peau en affrontant un vampire susceptible et un démon facétieux, mais pareillement délabré.

Des palettes traînent dans les coins, au pied de machines couvertes de poussière, tenant compagnie à des cartons moisis. L'odeur est saisissante. Quelque chose entre vieille friture et lendemain d'incendie. Une humidité glacée imprègne l'air et suinte le long des murs. Je frissonne.

C'est alors qu'un doute affreux s'empare de moi.

Dans mon dernier rapport, au retour de la mission qui m'a valu mes vacances forcées, j'ai mentionné la présence d'une bande de loups-garous surveillant des entrepôts pour le compte d'un vampire pervers – et depuis peu couvert de vilaines cloques. Walter m'a alors assuré, avant de me renvoyer comme un malpropre, qu'il chargerait un Agent d'aller vérifier.

Et si cet Agent c'était Ombe ? Et si l'entrepôt, dans lequel je promène tranquillement le faisceau de ma lampe, c'était celui des garous ?

Ombe serait donc tombée sur des garous !

J'ai retenu de mes lectures à leur sujet qu'en plus d'être costauds et agressifs, leurs sens sont très développés. J'en déduis qu'ils ne sont plus là, sinon je les aurais déjà sur le dos.

Je fronce les sourcils en me rappelant un détail du bref échange téléphonique avec Ombe. Elle semblait connaître l'un de ses assaillants.

Ombe fréquente des garous ?

Je décide de remettre cette question à plus tard. D'abord, explorer l'entrepôt à la recherche d'indices. En priant pour ne pas tomber sur le corps déchiqueté d'Ombe.

Je trouve le premier signe de sa présence sous une poutrelle métallique. Son casque de moto, ou plutôt ce qu'il en reste. Explosé. Coupé en deux. Je le ramasse les mains tremblantes. Je vérifie en grimaçant qu'il ne contient pas de bouts de cervelle et souffle de soulagement en le découvrant parfaitement vide.

Les traces de sang, sur le sol en ciment, me font par contre penser au pire.

– Je te vengerai, Ombe, j'en fais le serment ! je marmonne entre mes dents, serrées pour contenir mon chagrin, ainsi que la trouille qui commence à m'envahir.

J'essaye d'imaginer Ombe sans vie mais je n'y parviens pas. Ombe ne peut être que debout, en train de se battre bravement. Blessée peut-être, mais morte sûrement pas.

Je balaye avec ma lampe la scène du crime.

C'est un détail qui accroche mon regard. À côté d'une gigantesque machine-outil qui pourrait broyer le crâne en titane d'un Terminator, quelque chose émet une étrange lumière bleue.

Je m'approche prudemment.

En un clin (et un coup) d'œil, mon implacable théorie sur les loups-garous s'effondre.

Dans la poussière, à côté du téléphone d'Ombe activé par le sortilège de Julie Yeux-de-braise, il y a d'énormes traces de pied. Quelqu'un est venu, a vu Ombe et l'a vaincue, avant de repartir. Mais pas un garou. Ni un homme et encore moins une femme.

Je déglutis.

C'est un troll qui était là.

Les empreintes de troll sont caractéristiques. Presque humaines. Non, monstrueusement humaines. Larges, longues. Avec le frottement des poils sur le côté. Et la marque des ongles mal coupés.

Sur un sol meuble, elles auraient été profondes. Un troll adulte pèse dans les trois cents kilos, pour une taille moyenne de deux mètres. Mais il ne faut pas les croire empotés. Ils sont rapides, précis, durs à la douleur et pratiquement indestructibles. Les fédérations de rugby du monde entier paieraient des fortunes pour en composer leurs équipes !

Si elles connaissaient leur existence.

Des empreintes de troll, donc. Mais pas trace d'Ombe. Est-ce que le monstre l'a capturée et emportée sur son dos ? Pour la dévorer (dans le meilleur des cas...) dans un coin tranquille ?

Mon sang ne fait qu'un tour. Je fourre le téléphone

d'Ombe dans ma sacoche, braque ma lampe sur les empreintes et commence à remonter la piste.

Je ne vais pas loin.

Le faisceau lumineux capture dans une portion de gazon mal éclairé, à quelques dizaines de mètres du hangar, un pied monstrueux et velu.

Arrêt sur image.

Le temps se fige.

Lentement, très lentement, je lève la tête.

Encore.

Plus haut.

Encore plus haut.

Et là je vois, étincelant dans la fausse nuit urbaine, une interminable rangée de dents larges et pointues.

– Euh, bonjour ! je lance d'une voix éraillée.

Il faut bien dire quelque chose. Et puis un peu de politesse ne fait jamais de mal.

Pas de réponse.

– Je m'appelle Jasper, je continue tandis que l'énorme masse me toise, immobile. Je suis à la recherche d'une amie, qui semble avoir eu quelques problèmes…

Toujours rien. Je recule d'un pas.

– Bon, si vous ne pouvez pas m'aider, tant pis. Désolé du dérangement. C'était sympa, cette conversation, monsieur, euh, monsieur…

– Erglug. Erglug Guppelnagemanglang üb Transgereï.

Je reste interdit en entendant la voix puissante et caverneuse.

– C'est votre nom ou vous m'avez dit quelque chose de troll ?

Pourquoi est-ce que je ne peux jamais m'empêcher de la ramener ?

Un rugissement éclate soudain dans la nuit. Le troll se plie en deux, puis donne sur son genou une claque qui aurait réduit une pile de pont en poussière.

– Quelque chose de troll ! C'est pas vrai, un humain qui a le sens de l'humour !

Je comprends alors que c'est le troll qui rit. La vache !

– Généralement, c'est quand un monstre me trouve drôle qu'il cherche à me tuer…, je soupire.

Le troll me fixe de nouveau. Ses yeux sombres s'étrécissent. Il ne rit plus du tout.

– J'y ai sérieusement songé. Il flotte autour de toi une mauvaise odeur de magie. Or je déteste la magie, en ce moment tout particulièrement.

– Je vais être franc avec vous, monsieur… Erglug, c'est ça ? Monsieur Erglug (j'essaye de raffermir ma voix). C'est vrai, je pratique la magie. Je comprends qu'on puisse ne pas aimer. Mais réfléchissez : vous êtes un troll. Vous n'y pouvez rien. Est-ce que je vais essayer de vous tuer simplement parce que vous êtes un troll ? Soyons sérieux deux minutes !

Nouveau temps d'arrêt. Nouveau rugissement.

– Hou, hou ! Me tuer ! Eh bien, tu vas réussir ! À me faire mourir de rire !

« Un sens de l'humour particulier », nous a dit l'autre jour un expert venu faire un cours sur les trolls. Est-ce qu'on a le droit de se vexer quand un troll se montre désobligeant ? J'aurais dû poser la question.

– Ha, ha, je réponds avec ce que tout spécialiste des trolls aurait qualifié de pure inconscience. Vous avez de la chance que je me contrôle !

Cette fois il se roule par terre, sans respect pour le pagne en peau de bête qui lui ceint la taille, détruisant un réverbère et fracassant un muret en béton.

– Con-troll ! Audacieux mais très bon ! finit-il par dire en essuyant les larmes qui lui coulent des yeux. Par Krom, j'aurais vraiment fait une bêtise en te tuant !

Avant que j'aie le temps de réagir, il se relève et pose sur mon épaule une main énorme. L'espace d'un instant, je m'imagine manchot, et ça, ça a beau être troll, ce n'est quand même pas drôle du tout. À ma grande surprise, le monstre se contente d'une tape légère.

– « Rire ou mourir », a dit Hiéronymus. Tu n'as plus rien à craindre de moi, jeune mage surprenant.

Les trolls sont philosophes, c'est vrai. Notre prof de troll nous avait prévenus : « Les trolls sont capables de la plus grande violence, sauvage et destructrice, mais ils adorent philosopher. » Je ne connais pas ce Hiéronymus, alors j'utilise mes propres références.

– « Mots d'esprit éloignent souvent maux de corps » ! je réponds en citant Gaston Saint-Langers, dont le livre, *Préceptes de hussard*, recueil d'aphorismes bien sentis, trône dans les toilettes de l'appartement (endroit propice entre tous à la réflexion) depuis des années.

– De qui est-ce ? demande le troll en haussant les sourcils.

– Saint-Langers, Gaston, hussard et philosophe. Un maître.

– Tu me plais, me confie Erglug avec un clin d'œil à faire s'envoler un chapeau.

Ami-ami avec un troll. Manquait plus que ça. Recentre, Jasp, recentre !

– Et euh, vous, euh, tu… Comment ça se passe chez les trolls, on se dit « tu » ou « vous » ?

– Personnellement, je vouvoie mes valeureux adversaires et je tutoie mes proies. Ainsi que mes amis.

– Tu me mets dans quelle catégorie ? je demande avec appréhension en insistant bien sur le « tu » (je ne tiens pas à devenir un valeureux adversaire).

– Je n'ai pas encore décidé, c'est pour cela que le « tu » te va comme un gant. « Qui de la proie ou de l'ombre sombre ou croît ? »

Rien compris.

– Hiéronymus, encore ? je demande.

– Hiéronymus Verkling barb Loreleï. Poète et philosophe. D'habitude je pioche mes références dans la pensée humaine. Mais tu sembles différent et capable d'apprécier l'esprit troll !

– C'est un grand honneur, je dis en me fendant d'une courbette la plus respectueuse possible. Mais à propos de proies et pour en revenir à mon amie… Elle traîne dans le secteur. Tu ne l'aurais pas vue, par hasard ?

Erglug hoche la tête.

– Une jolie blonde, avec du caractère ?

– Oui, ça correspond bien.

– J'ai essayé de la tuer, il y a quelques heures à peine, dans le hangar derrière toi.

Ah… Un troll doit avoir l'oreille fine puisqu'il m'entend déglutir.

– Je n'avais pas le choix, explique-t-il pour se justifier. Je suis sous l'emprise d'un sortilège désolant. Cependant…

– Cependant ?

– Ton amie est toujours vivante. Elle a même réussi à me libérer momentanément de l'emprise sous laquelle je dépéris. Et elle est partie avec un garou. De son plein gré, je précise pour te rassurer. Enfin, disons que le garou était inconscient, ceci étant à prendre au sens strict du terme.

Je ferme les yeux. Ombe est vivante ! Plutôt en forme, à en croire Erglug. Même si je ne peux m'empêcher de frémir en l'imaginant repartie dans une autre galère, j'en éprouve évidemment un vif soulagement. Et une légère déception. Mon expédition de sauvetage tourne au fiasco.

Je rouvre les yeux et les pose sur Erglug. Comment est-ce qu'on peut avoir autant de muscles ? Si encore il était stupide, ça rétablirait l'équilibre. Mais non, ce champion de course et de pugilat toutes catégories serait sans doute capable de donner des cours à l'université. Cela dit, le niveau grimperait en flèche : « Ceux qui n'ont pas la moyenne, je leur mets des baffes ! Et je bouffe les sots ! Chiche ? Et ceux qui sèchent ! » Ça serait une vraie motivation.

À propos de motivation, Erglug a lâché un truc tout à l'heure (pas de mauvais esprit, ça ne sent pas pire que quand je suis arrivé). Un truc suffisamment intrigant pour que je me tourne vers lui, au lieu de profiter de ses bonnes dispositions pour prendre mes jambes à mon cou.

– Tu dis que tu es sous l'emprise d'un charme ?

– Hélas, répond Erglug en secouant sa tête massive. Ce n'est pas la première fois que j'attente à la vie de ton amie. Un puissant magicien du nom de Siyah a réussi à me soumettre, profitant d'une chaude après-midi d'été, de la digestion difficile d'un couple de randonneurs dodus et d'une sieste un peu lourde. Il y a quelques jours, il m'a donné l'ordre de tuer cette jeune fille. Mais elle a grièvement blessé le magicien et j'ai cru un moment avoir recouvré ma liberté. Impression trompeuse : Siyah a survécu et le dernier ordre reçu s'est réactivé dans mon subconscient. Je n'aurai donc pas de répit avant de l'avoir exécuté. Je suis désolé.

Un troll est extrêmement sensible à la magie, comme l'a prouvé Erglug en reconnaissant immédiatement en moi un praticien des arts occultes (j'aime cette appellation, ça en jette !). Hélas pour lui. Car la soumission, acte magique de haute volée officiellement interdit, est très difficile à réaliser. Sauf sur les trolls.

Mon esprit fécond s'échauffe.

Un puissant et maléfique magicien. Un troll soumis qui semble apprécier mes jeux de mots. Une amie qui redevient sauvable.

Je retrouve toute mon énergie !

– On dirait que le sort de soumission ne fonctionne pas complètement, j'annonce à Erglug. Tu conserves une grande partie de ton libre arbitre. Ce n'est pas normal.

– Puissamment analysé, confirme Erglug en hochant la tête. Le lien entre Siyah et moi s'est en effet altéré.

– Sans doute à cause des blessures qu'il a reçues, je dis, réfléchissant à voix haute. Voire d'un coma provisoire.

– C'est extrêmement dérangeant. Je suis là, dans cet endroit immonde depuis des heures, sans pouvoir en sortir. Retenu par je ne sais quoi d'invisible.

Je dois le convaincre que je suis à la hauteur. Sinon, le plan d'action que je suis en train d'ourdir va faire long feu.

Mon cerveau mouline à grande vitesse.

– Mmmh, je fais en fronçant les sourcils, je crois avoir l'explication.

Je sors le téléphone d'Ombe de ma sacoche.

– Le sort que j'ai activé pour retrouver mon amie t'a donné l'impression qu'elle était encore là. Tu restes ici à cause d'une présence fantôme.

Erglug tend la main vers l'appareil.

– Je vais le détruire.

– Surtout pas, je dis en rangeant précipitamment le téléphone. Il fonctionne comme un patch sur un fumeur. Grâce à lui, tu n'es pas obligé de poursuivre la véritable Ombe.

Je réfléchis encore. Je n'ai encore jamais eu affaire à un troll, mais mon instinct me souffle de jouer cartes sur table.

– Tu sais comment on se libère d'un sort de soumission ?

Erglug secoue la tête. Bon sang, il a le cou d'un taureau !

– On peut défaire le sort de soumission en empruntant la voie magique, je récite en répétant mot pour mot les paroles du spécialiste des trolls. Malheureusement, c'est très difficile. Encore plus en présence d'une soumission défectueuse (là c'est moi qui invente parce que, malgré mes rodomontades, je sais pertinemment ce qu'on risque en cas d'échec : devenir l'obsession sanglante du troll furieux ; maintenant que j'en vois un pour de vrai, je n'ai pas du tout envie de vivre cette embarrassante expérience). Il reste heureusement une autre possibilité (je passe prudemment sur celle qui évoque l'élimination du troll) : se débarrasser de celui qui a pratiqué le sort de soumission. La mort du lieur délivre immédiatement le lié.

– « À peine un mot, et nous voilà en flammes,
Les joues en feu, et le cœur bat et crie.
Pourquoi ton seul nom nous émeut jusqu'à l'âme
Liberté ! Liberté chérie ! »

– Calme, Erglug, calme, je dis en voyant avec une certaine inquiétude le géant battre des paupières, des sanglots dans la voix. Voilà ce que je te propose : tu laisses mon amie tranquille et, en échange, je t'aide à te libérer de ta soumission.

– En établissant un contre-sort ?

– En trouvant ce Siyah et en lui réglant son compte. Une bonne fois pour toutes.

Erglug semble ému. Il me tend une main que je prends, après quelque hésitation.

– Marché conclu, jeune mage intrépide.

– Tu sais par où commencer ? je demande tandis qu'il continue de me serrer les doigts avec une étonnante douceur.

– Absolument. Par le bois de Vincennes !

– C'est là-bas que Siyah tisse sa toile de ténèbres ? je demande avec emphase, enivré par mon propre courage.

– Pas du tout, m'annonce-t-il en faisant un sourire carnassier. C'est là-bas que mon clan célèbre le solstice d'hiver ! Et tu es mon invité.

– Invité ? Du genre : « Devinez qui on va manger ce soir ? »

– Tu prends des risques, jeune mage inquiet, me gronde gentiment Erglug après avoir rugi de rire. « Quiconque est soupçonneux invite à le trahir. » Ce n'est pas une maxime trolle. C'est un de vos hommes de lettres, Voltaire, qui le dit !

Me voilà condamné à me convaincre que je mène, grâce à l'Association, une vie tout à fait passionnante, riche en rencontres et en rebondissements de toutes sortes.

En attendant, j'emboîte le pas à mon hôte monstrueux, en essayant de ne pas trébucher. Ça serait bête de tomber par terre. Ce serait encore la faute à Voltaire.

3

Je suis sûr que tout le monde se pose la même question : comment peut-on débouler en ville en compagnie d'un troll gigantesque vêtu d'un pagne en peau de bête, sans déclencher une émeute ?

Au moment de quitter la zone des entrepôts, Erglug récupère derrière un arbre une immense gabardine qu'il enfile en un clin d'œil, ainsi qu'un chapeau mou qu'il enfonce au ras des yeux. C'est maintenant une caricature de catcheur, suffisamment crédible pour faire illusion. À condition de ne pas s'approcher.

Ce qui, cependant, ne suffit pas pour passer inaperçu.

Je découvre l'ingrédient manquant quand Erglug pose le pied sur le quai. Au moment même où se font entendre les premières voitures, son organisme libère une étonnante vague d'énergie, faible et insistante, subtile, quasiment indétectable. Je la perçois à cause de la pratique régulière de la sorcellerie, qui me rend sensible à ses manifestations.

Cela signifie que les trolls ont eux aussi leur magie. Naturelle et défensive, certes, mais magie quand même.

Ils génèrent instinctivement, à proximité des humains, une aura qui incite à les ignorer et à ne pas s'approcher.

C'est proprement fascinant ! J'hésite cependant à aborder le sujet avec Erglug. Si c'est un secret (voire le grand secret des trolls), je ne veux surtout pas lui donner un prétexte supplémentaire pour m'offrir la place d'honneur ce soir, sur une broche au milieu du feu !

On longe l'autoroute pendant une dizaine de minutes avant qu'un pont et une avenue déserte nous éloignent du fracas des moteurs. Erglug marche à grands pas. Je suis obligé de trottiner derrière lui pour ne pas le perdre.

– Tu devrais faire de l'exercice, jeune mage essoufflé, me dit tout à coup le troll en secouant la tête. Se laisser aller comme ça, à ton âge ! Je préfère ne pas imaginer à quoi tu ressembleras dans vingt ans…

– Je préfère une grosse cervelle à de gros muscles, je grogne.

L'expert avait oublié ce détail : les trolls sont volontiers moralisateurs.

– « Si les humains savaient le rôle de l'intelligence et de la volonté, la part de l'esprit et de caractère dans la plupart des sports, avec quel entrain ils y pousseraient leurs enfants ! » continue Erglug en levant un doigt de professeur. C'est une phrase de Pierre de Coubertin, que j'ai adaptée pour la circonstance.

Il a l'air content de lui, le poilu bodybuildé. Ça m'énerve ! Ça m'énerve d'autant plus que je sais qu'il a raison et que mes arguments ne sont que des justifications à ma propre mollesse. Mais j'ai ma fierté, alors je l'ouvre :

– « Les sportifs, le temps qu'ils passent à courir, ils le passent pas à se demander pourquoi ils courent. Alors, après on s'étonne qu'ils soient aussi cons à l'arrivée qu'au départ ! »

J'accompagne ma tirade d'un regard noir. Erglug semble étonné.

– Gaston Saint-Langers ?

– Non, Coluche. Un grand sportif. Tu peux pas connaître.

Qu'il comprenne ou non, je n'échappe pas au rugissement qui lui tient lieu de rire, pas plus qu'à une nouvelle claque sur mon épaule douloureuse.

– Par Krom ! Ils vont te détester ! lâche-t-il en gloussant.

– Qu'est-ce que tu veux dire ?

– Rien.

J'ai pas le temps d'approfondir, Erglug repart de plus belle.

On traverse l'immense campus de l'hôpital Hannibal-Lecter, cannibalisé par des préfabriqués.

Là non plus, personne. Les ondes répulsives d'Erglug, sans doute combinées à l'heure tardive et au froid mordant, ont fait le vide. Mon guide ouvre la route, déchirant un grillage ici, renversant un mur là, mais je m'en rends à peine compte, tout à mes efforts pour le suivre.

Lorsqu'on s'enfonce enfin dans la forêt, je sens les ondes magiques faiblir. Les taillis ont beau être clairsemés et notre itinéraire croiser de nombreuses routes et chemins, le troll est ici chez lui, en sécurité. Il se débarrasse d'ailleurs de son accoutrement grotesque derrière un arbre. Note pour l'expert : les trolls semblent tout à fait insensibles au froid.

– C'est encore loin ? je demande d'une voix plaintive en sortant la bouteille d'eau de ma sacoche pour étancher une soif exacerbée par la course.

– « La distance creuse et creuse la distance. » Hiéronymus.

– Je présume que c'est oui, alors.

– « Le premier signe de l'ignorance, c'est de présumer que l'on sait. » Baltasar Gracián y Morales. J'alterne mes références, par égard pour ta condition d'homme !

– Gna, gna !

Indifférent à ma mauvaise humeur, Erglug allonge encore ses foulées de géant. Me voilà obligé de courir. Je déteste ça ! Une fois, pour essayer d'impressionner Ombe, je suis arrivé au local de l'Association en tenue de joggeur essoufflé, mais la seule chose que j'ai réussi à tirer de son beau visage, c'est un sourire condescendant. De ce jour, j'ai décidé pour la séduire de miser sur l'humour.

– On arrive, me lance Erglug.

– Pas possible, je souffle, les poumons brûlés au troisième degré.

Devant nous, les eaux calmes et noires d'un lac. À quelques encablures, deux îles touffues. Le regard explicite du troll ne laisse planer aucun doute sur notre destination finale.

– Laisse-moi deviner. On va devoir nager ?

– Toi si tu veux, répond Erglug goguenard. Moi, comme Hiéronymus, qui en bon troll qu'il était, a toujours considéré l'eau avec méfiance, je préfère « mener ma barque sur les eaux noires des futurs incertains ».

Puis il extirpe d'une cache aménagée dans la rive une solide embarcation équipée d'une paire de rames. Je dissimule un lâche soulagement. Honnêtement, je ne me voyais pas entrer dans cette eau sombre et glacée, même pour les beaux yeux d'Ombe. La chevalerie, infinie dans ses intentions, a malheureusement des limites physiques.

Erglug grimpe dans le canot qui, par miracle, consent à rester à la surface. J'hésite à le rejoindre, mais la confiance qu'il arbore est communicative. Je ferme les yeux et me musse contre les planches de la proue (ce mot m'a toujours plu et puis c'est agréable, hein Alfred, de musser). Hum…

Avec une habileté consommée, Erglug propulse en quelques énergiques coups de rame la barque vers la plus sauvage des îles. D'où montent, grandissants et barbares, des éclats de rire et de musique.

– Vous n'avez pas peur qu'on vous surprenne pendant votre fête ? je demande.

Comme si Erglug était du genre à avoir peur de quelque chose.

– Au cas où tu ne l'aurais pas remarqué, jeune mage perspicace, il fait nuit et froid. Ce qui limite le risque de rencontres. Et puis ces îles sont interdites d'accès, pour le plus grand bonheur des oiseaux… et des trolls ! Quant au reste, c'est l'affaire de l'Association. Un accord entre elle et nous.

Un accord avec l'Association ? Laissant ma surprise en jachère, j'estime le moment tout à fait venu pour faire l'aveu à Erglug de mon statut officiel. Que j'avais retardé jusque-là, ne sachant trop de quelle cote de popularité jouissait l'Association auprès des trolls.

Plutôt bonne, donc, semble-t-il.

– À ce sujet, Erglug, je voulais te dire que, eh bien, que…

– Tu travailles pour l'Association ? me coupe-t-il. Je sais, jeune mage interloqué.

– Ah bon ? c'est tout ce que je trouve à dire.

– Ton amie est un Agent, elle ne s'en est pas cachée. Si tu es venu à son aide au milieu d'entrepôts infestés de loups-garous, j'imagine que ce n'est pas pour ses beaux yeux.

– Évidemment que non, je réponds d'une voix la plus détachée possible.

L'obscurité me sauve et la rougeur qui envahit mon visage passe inaperçue.

Mais la remarque d'Erglug me rappelle brusquement qu'Ombe est partie des entrepôts en compagnie d'un dangereux garou. Pris dans l'action et la nouveauté de l'aventure, j'avais oublié ce détail… Je la sais capable de gérer une situation de ce genre, et pourtant, je ne peux m'empêcher d'être inquiet. À quoi bon mes efforts pour la protéger d'un troll ensorcelé si, pendant ce temps, elle se fait dévorer par un lycan ?

– Sois prudente, Ombe, je murmure tout doucement.

– Qu'est-ce que tu marmonnes ?

– Rien. Je me demandais juste si vous étiez nombreux, à votre petite fête.

– Juste mon clan. Le clan de l'Île-aux-Oiseaux. Ce qui fait une cinquantaine de trolls, environ.

– Ah ! je réponds, tout en pensant que le nom de ce clan est ridicule et qu'au lieu de me faire du souci pour Ombe, je devrais plutôt m'inquiéter pour moi.

J'essaye de contrôler les tremblements de froid qui s'emparent progressivement de moi, se mélangeant à une légitime appréhension.

– Ça consiste en quoi, une fête, chez vous ? je continue, sur un ton faussement badin.

– On mange, on boit, on danse, et pour la suite tu es encore un peu jeune.

– J'ai seize ans ! je m'insurge bêtement, à la fois fasciné et vaguement dégoûté en essayant d'imaginer des trolls qui… Brrr.

– C'est bien ce que je dis. Attention, on aborde !

L'étrave mord vigoureusement la boue du rivage. Erglug bondit hors de la barque et m'agrippe par le col.

– Allez, dépêche-toi !

– « Hâte gâte pattes », comme aurait pu dire Hiéronymus, je rétorque pour l'embêter.

– Blasphémateur, répond-il en étouffant un sourire. En fait, il a vraiment dit : « Lenteur tente heurts. » Alors fais vite, petit mage lambinard.

– Je mesure un mètre soixante-dix-huit. Et je ne lambine pas.

– Arrête de réfléchir et avance ! Je fais mienne ce soir l'ironie de Pierre Desproges : « Je pense donc tu suis ! »

De peur d'avoir à panser quelque chose si j'insiste, je la ferme et j'avance.

Au milieu de l'île, dans une clairière, parmi les grands arbres dressant leurs branches comme autant de membres décharnés vers le ciel, des formes monstrueuses se trémoussent autour d'un feu de joie, au son d'un tambour énorme et d'une flûte aigrelette.

Sur des tables de bois brut s'entassent des monceaux de viande grillée.

– Du cerf, me rassure Erglug en me serrant l'épaule (aïe !).

Notre arrivée ne passe pas inaperçue, je préfère le dire tout de suite. Quelques mâles trolls, plus massifs encore que mon hôte, viennent virilement lui en taper deux, en rugissant d'un rire définitivement trollesque, tandis qu'une poignée de femmes tournent autour de lui en gloussant.

Mes premières trolles.

Elles ressemblent beaucoup à leurs compagnons, quoique plus fines et légèrement moins poilues. Elles ont toutes une impressionnante chevelure, leurs cils sont longs et papillonnent volontiers. Certaines ont des mamelles généreuses qui pendent sur un gros ventre, d'autres sont plutôt canon. Pour des trolles, je veux dire.

Je cesse de jouer le curieux quand tout le monde se tourne vers moi.

– Je vous présente Jasper, annonce Erglug d'une voix puissante et un rien grandiloquente. C'est un jeune mage de l'Association, envoyé pour m'aider à régler mon problème de soumission.

Aussitôt, l'hostilité sourde qui commençait à grimper en flèche parmi les fêtards velus se résorbe. Je surprends même des commentaires satisfaits.

Bêtement (comme d'habitude), je me crois obligé de dire quelque chose :

– Comme le formule fort justement Sophocle (qui a eu la bonne idée d'être au programme du premier trimestre) : « Rendre service de tout son pouvoir, de toutes ses forces, il n'est pas de plus noble tâche sur la terre ! »

Autour de moi, les sourcils se froncent. À tous les coups les trolls n'aiment pas Sophocle. J'avais pourtant essayé de taper dans du lourd, pour les impressionner. Je tente (bêtement là encore) de rattraper mon erreur :

– Je vous en prie, n'interrompez pas votre fête pour nous. Erglug et moi, on est effectivement en association... de mâles fêteurs !

Cette fois, les trolls présents secouent la tête et soupirent franchement.

– Comme si un Erglug ne suffisait pas, lâche l'un d'eux.

– Il a pas de poil et en plus il fait son malin.

– Son malingre ! reprend Erglug, écroulé de rire par terre.

Les trolls haussent les épaules et tournent enfin leur attention ailleurs.

– Qu'est-ce que j'ai dit ? je souffle à Erglug en faisant les gros yeux. Pourquoi est-ce qu'ils réagissent comme ça ?

– Je t'avais dit qu'ils allaient te détester !

– Arrête de rire et explique-moi !

– Les trolls n'ont pas un sens de l'humour très développé. Quant aux écrivains, philosophes et autres poètes, ils ne peuvent pas les supporter ! Je dois être le seul connaisseur, ici, de ce pauvre Hiéronymus. Il en est mort de chagrin, d'ailleurs.

Je reste interloqué.

– Ah bon ? Pourtant, lors d'un séminaire, un expert

nous a vanté l'esprit et l'érudition des trolls ! Je ne comprends pas.

– Il existe des experts en trolls ? s'étonne Erglug en fronçant les sourcils.

– Parfaitement. Même que celui-là, il a poussé son étude si loin qu'il a laissé une jambe dans l'aventure.

Mon hôte claque des doigts.

– Ça y est, je m'en souviens ! Un grand gars, avec un accent allemand ? Qu'est-ce qu'il m'a fait courir ! Je lui ai broyé le genou pour marquer ma désapprobation et boulotté sa guibole pour reprendre des forces. Tu dis que c'est devenu un spécialiste des trolls ?

Je fixe Erglug avec un mélange d'horreur et d'admiration.

– Alors c'était toi ? je dis d'une voix qui se perd dans les aigus.

– Bah, laisse tomber, dit Erglug en accompagnant son conseil d'un geste de sa grosse main. C'est le passé. Tu voudrais m'entendre dire que je regrette ? Ça lui ferait une belle jambe, à ton Allemand !

Il éclate de rire (il rugit, quoi) puis il me plante là pour aller rejoindre ses camarades, avec un dernier conseil tandis que je reste tétanisé :

– Essaye de t'amuser, jeune mage coincé !

Coincé. Le mot est bien choisi.

J'aurais même dit prisonnier.

– Bonsoir.

Je mets un moment à réagir mais je finis par

tourner la tête. Appuyée contre un arbre, une trolle me regarde avec curiosité.

Je n'ai aucune idée de son âge mais elle ne doit pas être vieille. Un bon mètre quatre-vingts, une centaine de kilos sans doute mais harmonieusement répartis sur une silhouette qu'on pourrait, chez les humains, qualifier de voluptueuse. De longs cheveux roux, de grands yeux sombres, des poils soyeux et une paire de, de trucs là, de machins, fièrement pointés en avant, à faire se damner un sein, euh, un saint.

– Bonsoir, je réponds après une hésitation bien compréhensible (au choix, cocher la case : 1. Je suis en train de commettre une erreur d'étiquette 2. Le papa est dans le coin, un gourdin à la main 3. C'est une technique de chasse trolle, une façon courante d'appâter).

– Je suis Arglaë, Arglaë Guppelnagemanglang üb Transgereï.

J'aime bien sa voix qui, quoique grave, reste très féminine.

Transgereï ? Ça me dit quelque chose. C'est un mot qu'Erglug…

– Erglug est mon frère. Mon grand frère.

Son grand frère. Je fais pivoter nerveusement ma tête dans toutes les directions.

– Il sait que vous êtes là ?

Elle rit et son rire n'a rien d'un rugissement.

– Détends-toi, il est parti s'amuser avec ses copains.

– Se détendre, vous en avez de bonnes ! Je suis potentiellement au menu, moi, ce soir !

Elle fronce les yeux puis éclate de rire.

– C'est vrai que tu es drôle ! Mais non, tu n'as rien à craindre. Tu es l'invité de mon frère. Et chez les trolls, l'hospitalité, c'est sacré.

– Eh bien, ça me rassure. Pas beaucoup mais un peu. Et, euh, vous êtes sa sœur depuis longtemps ? je demande avec cet à-propos qui fait de moi le brillant causeur qu'on s'arrache dans les salons.

– Tu tutoies Erglug et tu me vouvoies, dit-elle avec une moue adorable. Soit tu cherches à me défier en combat singulier, soit tu me considères comme une vieille !

Adorable.

Hein ? En combat singulier ? N'importe quoi !

– C'est que vous… c'est que tu m'intimides.

– Moi ou Erglug ? me taquine-t-elle.

– Les deux, à y réfléchir. Non, ce n'est pas vrai. Surtout toi (je respire à fond). Mais je ne me suis pas présenté : je m'appelle Jasper. Jasper, de l'Association. Stagiaire.

– Je vais t'appeler Jasper, ça sera plus court. Et pour répondre à ta question, je suis la sœur de mon frère depuis dix-sept ans.

– J'en ai seize, je dis en bombant ridiculement le torse.

– À seize ans, un troll est un homme, me répond-elle en me faisant le coup du papillon avec ses paupières.

– Ah, je réponds avec ma vivacité coutumière, sur un ton rauque inhabituel dû au fait que c'est la première fois que je me fais ouvertement draguer par une fille.

Je veux dire une trolle. Enfin, ça revient au même, on va pas tripot… chipoter.

Elle s'approche et me considère attentivement. Sa démarche est hyper sensuelle. Je me demande comment réagiraient Romu et Jean-Lu à ma place. « La vache… », dirait sans doute le premier en se grattant la tête. « Ahouuuuu ! » hurlerait le second en levant les bras (pour commencer) dans un geste de victoire et de remerciement aux dieux.

– Un peu maigre et pas très grand, commente la trolle en me tournant autour. Pas de poil. C'est exotique ! Surtout (elle ferme les yeux en reniflant), il émane de toi de la puissance. Une très grande force. Par Krom ! Ça me plaît !

D'autorité elle me prend par la main et m'entraîne à l'opposé de la clairière. Elle récupère au passage, derrière un arbre, une fourrure épaisse.

– Euh, Arglaë ? On va où ?

– Dans un endroit tranquille.

Je fais la grimace.

– Tu vas me manger, c'est ça ?

Elle me regarde et fait une mimique gourmande.

– On peut dire ça comme ça !

Bon sang, Jasper. Si c'est bien ce que tu crois, ça craint… Ça serait moins flippant si elle comptait te manger vraiment !

– Attends Arglaë, attends.

Elle s'arrête et m'observe avec ses grands yeux, comme un animal curieux. Je prends mon courage (ou ma lâcheté, comme on veut, je ne vais pas refaire le coup de la bouteille) à deux mains.

– Je ne peux pas, euh, aller avec toi là-bas.

Si c'est pas net, ça, hein ? Clair, propre, efficace !

– Pourquoi ? Je ne te plais pas ? Je ne suis pas assez bien pour toi ?

La voix d'Arglaë s'est transformée en quelque chose de coupant. De menaçant.

– Pas du tout ! C'est pas ça. Tu ne comprends pas…

– Eh bien, explique-moi.

Je n'y couperai pas. À l'explication ou au coin tranquille. Mais qu'est-ce que je peux lui dire ? Que je meurs de trouille ? Que je ne l'ai jamais fait, même avec une vraie fille ? Alors avec une trolle et ses exigences inévitablement hors norme…

Je sais que je serai pitoyable et j'en tremble.

Soudain, l'éclair de génie. L'échappatoire sublime !

– Je… Mon cœur est pris.

Finalement, une trolle et une fille, ce n'est pas si différent. Pour ce que j'en sais en tout cas. Je la vois d'abord se rembrunir, me considérer avec sévérité avant de fondre sous mes yeux. J'en éprouve un soulagement béat. En même temps qu'un regret immédiat et un certain dégoût de ma personne.

– Que c'est romantique, Jasper ! C'est une humaine ?

Arglaë a posé la fourrure par terre et s'est assise dessus. Je la rejoins. Il commence à faire très froid, maintenant que la course et le feu sont loin.

– Oui.

– Elle a de la chance, soupire-t-elle en laissant son regard se perdre dans les branches. J'aimerais bien trouver le troll qui me proposera d'aller cueillir une étoile là-haut, pour moi.

– Si je… S'il n'y avait pas déjà quelqu'un, je lui dis, sous le coup d'une émotion sincère, je serais allé te la chercher, ton étoile. Même si je ne suis pas un troll.

Elle se tourne vers moi. Sa poitrine frôle la mienne. Je déglutis péniblement.

– C'est vrai, Jasper ? Tu penses vraiment ce que tu dis ?

– Oui, je réponds d'une voix étranglée, tandis que ma testostérone fait une embardée.

– Je ne l'oublierai pas, souffle-t-elle en s'allongeant sur le dos.

Boum boum boum boum. On entend le tambour de la fête jusque-là. Non, pas le tambour. Les battements de mon cœur affolé. Je m'allonge à mon tour.

– Jasper ? me chuchote Arglaë.

– Oui ? (Un oui venu de je ne sais où, tant j'ai la gorge serrée.)

– Je peux venir dans tes bras ? Juste dans tes bras. J'ai pas envie d'être seule, ce soir.

Je ne réponds rien, je me contente de lui proposer mon épaule. Elle y pose sa tête, rabat la fourrure sur nous et soupire d'aise. Je sens ses seins, durs et fermes, contre moi. Je continue à trembler, de tous mes membres.

Je reste un long moment sans bouger, les yeux grands ouverts.

Puis le bruit d'une respiration régulière m'arrache au tourbillon de mes pensées. Celle qui aurait pu être ma première vraie petite amie et que j'ai repoussée avec des mots plus puissants que ceux d'un sort majeur, Arglaë Guppelnagemanglang üb Transgereï du clan de l'Île-aux-Oiseaux, s'est endormie.

Ma mère en profite pour faire irruption dans mon esprit.

D'habitude, blotti contre une fille, on pense à tout sauf à sa mère. Mais je revois la mienne battre son jeu de tarot, l'autre jour, et me lire mon avenir dans trois cartes : la Force, belle, rebelle et sauvage, en train de terrasser un lion ; l'Impératrice, sereine et souveraine, hésitant à s'envoler vers les étoiles ; et l'Amoureux, idiot et emprunté, confronté à un choix difficile.

Ombe. Arglaë. Et Jasper.

Ma mère avait raison.

Je suis bel et bien dans la merde.

4

– Debout, jeune mage sybarite !

Mes yeux refusent de s'ouvrir. Collés par le gel, sans doute. Malgré l'épaisseur de la fourrure, le froid glacial du petit matin me saisit. Debout. Oui maman. Mais… Que tu as une grosse voix (c'est pour mieux te réveiller, mon enfant) ! Que tu as de grosses mains (c'est pour mieux te secouer, pauvre idiot) !

– À en croire Hiéronymus, reprend Erglug, il paraît que « l'homme se différencie du chien par sa faculté de se tenir de temps en temps sur deux pattes ». Je veux voir ça !

Plus encore que la main du troll me secouant sans ménagement, c'est l'utilisation du mot chien qui me réveille brutalement. Je jette un regard affolé autour de moi. Mais Arglaë n'est plus là. Avec un peu de chance, Erglug ne saura même pas que…

– Si c'est ma sœur que tu cherches, elle s'est levée avant le soleil pour partir, comme d'habitude, Krom sait où. Juste après m'avoir dit qu'elle avait passé avec toi la plus belle nuit de sa courte vie.

Je dévisage Erglug, inquiet, à la recherche du signe avant-coureur d'une grosse colère.

– Écoute, je dis avant qu'elle n'éclate, je te promets que je n'ai pas…

– Je sais, jeune mage chanceux, me susurre le troll avec une grimace de psychopathe. Si Arglaë s'était vantée auprès de moi d'une nuit agitée par autre chose que des cauchemars, ce sont mes dents arrachant un morceau de ton épaule qui t'auraient réveillé.

Carrément. Il y a donc un dieu pour les jeunes mages vertueux !

– Ta sœur te dit tout ?

– Elle ne me cache rien. C'est sa façon à elle d'attirer mon attention.

Puisqu'il semble que je vais vivre encore un peu, j'accepte de quitter la chaleur de la fourrure, pleine encore du parfum de la trolle. Un parfum d'herbe fraîche et de regrets (mon regard bascule sur Erglug). Ou pas !

– Quel est le programme ? je demande en essayant d'étouffer les gargouillis de mon estomac.

– Tu veux dire, en dehors de mettre de la distance entre ma sœur et les fantasmes débridés qui te travaillent ?

Erglug me tend une tranche de viande froide posée sur un morceau de pain.

– D'abord, continue-t-il, prendre des forces. Puis

t'activer un peu pour trouver une piste. C'est toi le magicien, non ? Alors cesse de perdre du temps. « Les jours sont des fruits, dit Jean Giono, et notre rôle est de les manger. »

Je mords avec reconnaissance dans l'énorme tartine que le troll m'a préparée, ce qui m'évite de chercher une contre-citation à lui renvoyer. De toute fachon, il a raichon. Ch'est moi le magichien de cherviche. Va falloir achurer. Parce que (j'avale ma bouchée) j'ai bien peur qu'Erglug, désormais, se montre moins patient avec moi. Tout ça à cause d'une fille. Le monde des trolls n'est décidément pas très différent de celui des humains.

Je n'attends pas que mon estomac soit rempli pour échafauder un plan. En repoussant Arglaë dans un coin de mon esprit (pas facile, elle tient de la place), je réfléchis, je me lance à la recherche d'une solution, d'une manière d'agir, d'une direction.

Réfléchir, c'est ce que j'aurais dû faire cette nuit. Si les jeunes gens ne vont pas aux mêmes feux de camp que leurs parents, c'est pour une bonne raison ! J'imagine Erglug en train de m'arracher l'épaule… Brrr ! Je m'ébroue pour chasser cette pensée à laquelle se superposent les souvenirs encore frais (ou chauds, c'est selon) de ma nuit contre Arglaë.

Puis la trame d'un sort se dessine lentement dans mon esprit.

C'est comme ça depuis toujours, je ne peux pas

m'empêcher de cogiter. Pour le pire bien souvent, mais aussi parfois le meilleur.

Je passe mentalement en revue le contenu de ma sacoche.

Ça devrait marcher.

Mieux que mon fiasco de tout à l'heure, j'espère. « Mon cœur est pris. » Quel débile ! Comment tu veux espérer quelque chose après ça ? Une fille te fait comprendre que tu lui plais. Premier miracle. Elle se révèle entreprenante. Deuxième miracle. Dans son regard il y a la promesse de tous les trucs dont tu rêves depuis des années. Troisième miracle. Et qu'est-ce que tu fais ? « Mon cœur est pris. » N'importe quoi aurait été préférable, tiens même : « Pas ce soir, j'ai la diarrhée. » Tu dis à cette fille que tu es amoureux d'une autre. Et puis, en même temps que tu mets une distance infranchissable entre elle et toi, en te hissant sur des hauteurs de noblesse, tu n'as qu'une envie : lui peloter les seins.

Se servir de sentiments élevés pour dissimuler sa peur, à la rigueur. La lâcheté pousse à tout. Mais les salir avec des pensées franchement triviales, non, mon vieux, non !

Il y a des fois où on se sent franchement minable.

– Tu es prêt, jeune mage tourmenté ? D'après ce que j'ai compris, tu as sagement économisé tes forces cette nuit. Il est temps de s'en servir.

Toujours ce sourire moqueur. Erglug commence franchement à m'énerver.

– Je suis prêt, gros troll sarcastique, je réponds en oubliant que, quelques minutes plus tôt, il était prêt à me bouffer l'épaule. Figure-toi que je peux faire plusieurs choses en même temps ! Manger et penser, par exemple.

– Ou bien faire ami-ami avec moi et séduire par je ne sais quel sortilège ma douce et innocente petite sœur pour l'entraîner, malgré elle, dans les sous-bois, histoire d'assouvir des pulsions perverses. Je vois bien ce que tu veux dire.

– Hein ? je m'exclame. Entraîner malgré elle ton innocente petite sœur d'un mètre quatre-vingts et de cent kilos ? Et puis qu'est-ce que ça veut dire, des pulsions perverses ?

– Tsss, un peu de galanterie voyons. On ne parle jamais du poids d'une dame.

Je n'en crois pas mes oreilles. Il me fait marcher ou quoi ? Je décide de laisser tomber plutôt que de subir un nouveau déchaînement de citations sibyllines.

– Si ça peut te rassurer, je dis simplement, la perspective de ne plus être obligé de te supporter est une motivation suffisante pour retrouver Siyah. Je m'y mets tout de suite.

Je m'approche de l'arbre qui a veillé sur notre sommeil et je reprends en foudroyant le troll du regard :

– Maintenant, tu devrais me laisser seul. Je vais fabriquer un sort et il arrive que ça foire. Je ne voudrais pas te cramer les poils.

J'ai la satisfaction de voir Erglug battre précipitamment en retraite.

Je déballe mon attirail sur l'herbe rase, soufflant dans mes doigts pour les réchauffer. Il existe des sorts de résistance au froid, mais je n'ai ni temps ni énergie à perdre.

Je n'ai pas choisi cet endroit par hasard. L'arbre qui se dresse ici, épais et noueux, est un frêne. Ses vertus de stabilité seront parfaites. Le frêne aime aussi ce qui est juste. Il m'aidera à obtenir l'appui des puissances de la nature.

Je sais, j'ai l'air d'un cinglé. Je parle aux arbres. Je souris aux fleurs. Je caresse les pierres. Mais la folie est avant tout affaire de perspective. Personnellement, je trouve bien plus fou de croire que les arbres n'entendent pas. Que les fleurs n'aiment pas qu'on leur sourie. Que les pierres sont insensibles. La nature existe au-delà de la conscience humaine, elle est divine et autonome. Sans d'autre volonté qu'être. Le sorcier, d'ailleurs, n'essaye pas de penser la nature. Il se contente de la percevoir. De lui parler. De la séduire.

Ce frêne sera l'antenne qui relaiera les énergies de mon sort jusqu'au plan mystique. Car (et c'est l'intuition sur laquelle je fonde mon plan) un magicien aussi puissant que Siyah laisse sûrement dans son sillage (à la manière des trolls) une piste invisible, constituée d'énergies latentes ou consumées.

Tout en me préparant, je fredonne au frêne quelques paroles du célèbre poème elfique 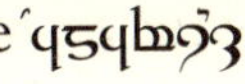, pardon, *Namarië*[1] :

– 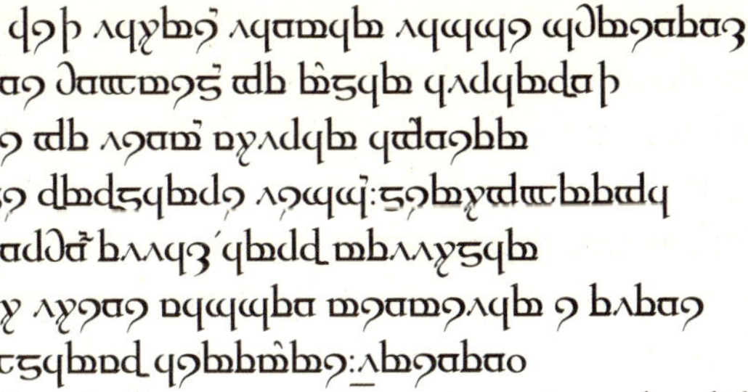

C'est-à-dire, pour ceux qui auraient des difficultés avec l'alphabet quenya :

« *Ai ! laurië lantar lassi surinen,*
yéni unotimë ve ramar aldaron !
Yéni ve lintë yuldar avanier
mi oromardi lissë-miruvoreva
Andunë pella, Vardo tellumar
nu luini yassen tintilar i eleni
omaryo airetari-lírinen... »

Ou encore, pour les autres qui ne capteraient carrément rien au haut-elfique :

« Ah ! comme l'or tombent les feuilles dans le vent,
de longues années innombrables comme les ailes des arbres !
Les longues années ont passé pareilles à de rapides gorgées
de l'hydromel sucré dans les hautes salles

1. Texte figurant dans *Le Seigneur des anneaux*, écrit par J. R. R. Tolkien.

au-delà de l'Ouest, sous les dômes bleus de Varda
où les étoiles tremblent
par la voix du chant de la reine sainte... »

Les branches du frêne où s'accrochent encore quelques feuilles jaunes et sèches s'agitent paisiblement au-dessus de ma tête, dans un cliquetis mélodieux. Il n'y a pourtant pas un brin de vent. Cette réactivité est de bon augure pour la suite.

Je répands autour de moi et de l'arbre du gros sel puisé dans un bocal en verre, de manière à constituer un cercle d'un diamètre de neuf pieds (pas la peine de vérifier, je m'entraîne assez chez moi pour le savoir). Le sel, c'est la matière première de la magie. La base. Aussi bien Eau que Feu, Air ou Terre, il joue le rôle de purificateur, de lien ou de solvant.

Mon cercle n'a pas besoin d'être très solide. C'est juste pour me couper d'éventuelles interférences, du genre : « C'est avec des sels que tu as envoûté ma sœur, jeune mage arboricole ? » D'ailleurs, je ne l'étaye même pas avec un pentagramme.

À l'aide d'un couteau à double tranchant appelé athamé dans le jargon des sorciers, je trace au bord et à différents endroits du cercle une succession de runes sur le sol gelé. Raidhu, Naudhiz, Féhu, Uruz, Wunjo, Dagaz, Elhaz, Odala et Hagal.

Les runes, c'est génial pour obtenir un résultat précis. L'elfique joue sur la séduction, compose avec les choses et obtient généralement des résultats étonnants. Mais il laisse une grande part à l'incertitude.

Le runique, lui, s'utilise comme une arme ou un outil. Les runes, autonomes, œuvrant seules ou en association, obligent la matière à obéir.

J'ouvre et étends les bras, en signe d'accueil destiné aux énergies. Je tisse un premier sort pour activer le cercle :

— ᚱ ᚨᛁᛞᚺᚢ ᛏᚱ ᚨ ᛚ ᚨ ᚹ ᛟᛁ, ᚨᚹ ᛚ ᚨ ᛗ ᚨᛁ ᚾ ᛞ ᚾ ᚨᚢ ᛞᚺᛁᛉ, ᛈᛟᚢᚱ ᚲᚢ ᚠ ᚺᚢ ᛏᛁᛊᛊ ᚢ ᚾ ᛏᛟᛁᛚ ᚾᛟᚢᚱᚱᛁ ᛈᚨᚱ ᚢᚱᚢᛉ ᛒᚱᛟᚢᛏ ᚨ ᚾᛏᛚ ᚨ ᛏ ᚱ, ᚱ ᚾᛞᚢ ᚷ ᚾ ᚢ ᛊ ᛈᚨᚱᚹ ᚢ ᚾᛟ, ᛈᛁ ᛏᛁᚾ ᛈᚨᚱ ᛚ ᛊ ᚨᚹ ᚨᛚᛁ ᚱ ᛊ ᛞ ᛞ ᚨ ᚷ ᚨ ᛉ ᛏ ᛊᚢᚱᚹ ᛟ ᛚ ᛈᚨᚱ ᛚ ᛇ ᚷ ᚾ ᛞ' ᛚ ᚺ ᚨ ᛉ, ᛏ ᚨ ᚾᛞᛁᛊᚲᚢ 'ᛟ ᛞ ᚨ ᛚ ᚨ ᛈᚱ ᛊ ᚱᚹ ᛚ'ᚺ ᚱᛁᛏ ᚨᚷ ᛊᛟᚢᛊ ᛚ ᚱ ᚷ ᚨᚱ ᛞ ᛒᛁ ᚾᚹ ᛁᛚᛚ ᚨ ᚾᛏ ᛞ ᚺ ᚨ ᚷ ᚨᛚ, ᚾᛟᛏᚱ ᛗ ᚱ !

Ah bon, d'accord ! Même le runique !

Allons-y pour la traduction : « Raidhu trace la voie, avec la main de Naudhiz, pour que Féhu tisse une toile nourrie par Uruz broutant la terre, rendue généreuse par Wunjo, piétinée par les cavaliers de Dagaz et survolée par le cygne d'Elhaz, tandis qu'Odala préserve l'héritage sous le regard bienveillant de Hagal, notre mère ! »

C'est une formule dont je suis l'inventeur et particulièrement fier, tout comme de cette association inédite de neuf runes.

Wraoup. Aussitôt dit aussitôt fait. Les grains de sel en fondant se transforment en je ne sais quoi de lisse et de brillant, semblable à du verre. À présent, un mur invisible, légèrement translucide, m'isole du monde. Et le monde de moi.

Je m'accroupis et mets le feu au petit bûcher de brindilles rassemblées à mes pieds. Je pose au-dessus des flammes un trépied métallique et, sur le trépied, un petit chaudron en bronze. Je le remplis à demi avec l'eau de ma bouteille, puis jette dedans une poignée d'épines de genévrier.

Le genévrier, porte de l'au-delà, accès au monde des limbes.

J'attends que ça chauffe, en alimentant régulièrement le feu et en buvant de petites gorgées d'eau. À cause de la course d'hier et du froid de la nuit, ma gorge me brûle plus encore que d'habitude.

Malgré moi, mes pensées me ramènent à Arglaë, à son corps presque nu lové contre le mien. Ma respiration s'accélère. Du calme, Jasper. Stop. Ne t'égare pas. Tu es en train de préparer un sort, et même s'il n'est pas très compliqué, il réclame de la concentration.

Le bruit d'une ébullition me ramène au présent. Je prends dans ma main la pierre de tourmaline sélectionnée parmi mes ingrédients. Rien de mieux pour communiquer avec les présences fantomatiques et éthérées. Je la plonge dans l'eau bouillante.

Bien. Les mots, maintenant.

– 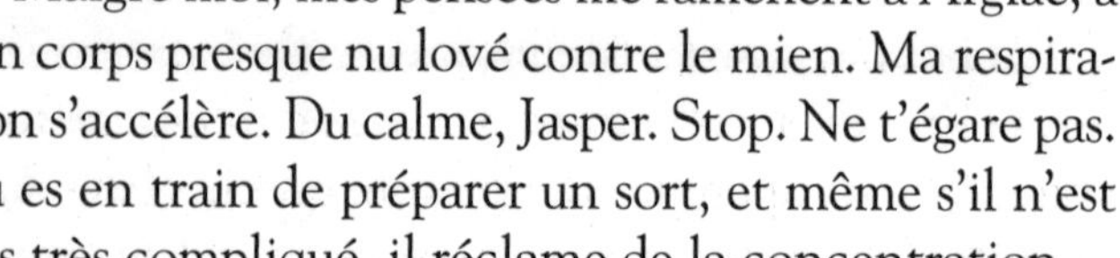

En lisible : *« Equen : ulwe a senët ando avëa ar sar ilwerano ! Imlë, ando avëa ar sar ilwerano, a ciral landar pella, minna hellë asto, a tuvëal harna curuvar ! Hantanyël !* »

En encore plus lisible : « Je dis : frêne, libère la porte de l'au-delà et la pierre arc-en-ciel ! Et vous, porte de l'au-delà et pierre arc-en-ciel, naviguez par-delà les frontières, dans le ciel de poussière, trouvez le magicien blessé ! Je vous remercie ! »

Après une brève hésitation, la fumée qui s'élève au-dessus du chaudron prend de la consistance, en même temps qu'une jolie couleur dorée. Elle s'enroule autour du frêne à la façon d'un serpent et grimpe jusqu'à la cime, où elle disparaît dans un bref éclair blanc.

Ça marche, on dirait. Il n'y a plus qu'à attendre.

J'éteins le feu en versant dessus le contenu de mon chaudron, récupère la tourmaline, que je glisse dans sa boîte. J'attends que mes instruments refroidissent, puis je les nettoie du mieux possible avec une poignée d'herbe, avant de les ranger.

Au milieu de mon cercle, je suis toujours coupé du monde. J'hésite à le rompre. Tant que je reste là, Erglug ne peut rien contre moi. Je ne manque pas de courage à proprement parler, non. Dans l'action, je suis même redoutable. Un démon et un vampire pourraient en témoigner (ah bon, je l'ai déjà dit ?). C'est juste que… Rien.

Je hausse les épaules. Si Erglug m'en voulait vraiment, je ne me serais jamais réveillé.

Je sais qu'il y a des barbares qui quittent leur cercle

comme ils descendent du bus, sans même un geste pour le chauffeur. Moi j'aime les choses bien faites. Je désactive donc le mien dans les règles et, tandis que mon pied brise la croûte de sel brillante, je prononce une autre formule de mon cru en traçant rapidement dans les airs trois nouveaux symboles :

—ᛊᛟᛁᛊ ᛚ'ᛟᚢᚹ ᚱ ᚢᚱ, ᛁᚹ ᚨᛉ, ᛏ ᚨ ᚾᛞᛁᛊ ᚲᚢ ᚷ ᛒᚢ ᚨᛊᛊ ᚺ ᛚ ᛊ ᛞᛟᚢᚹ ᛊ ᛏ ᛊᛟᚹ ᛚᛟ ᚱ ᛚᚨᚾ ᛚᚨ ᚷᚱᚨᚾᛞ ᚱᛟᚢ !

« Sois l'ouvreur, Eiwaz, tandis que Gebu assèche les douves et Sowelo relance la grande roue ! »

Moi-même, je ne sais pas ce que ça veut dire. Mais c'est joli et ça marche très bien.

5

« Ton corps contre le mien, toi qui me regardas,
M'a fait beaucoup de bien, ô mon anaconda !
Enroulée contre moi, tes seins sur ma poitrine,
Voilà que je larmoie, ô ma belle Agrippine !
Les yeux dans les étoiles et mon cœur en tambour,
Je guettais l'aube pâle et la douceur du jour,
Comme le fit le preux, le bienheureux Tristan,
Jetant sur son Iseult des yeux de pénitent… »

– Qu'est-ce que tu fais, jeune mage misanthrope ?

– Ça ne te regarde pas, je réponds en refermant le carnet qui me sert, d'ordinaire, à prendre des notes.

Erglug est couché à plusieurs mètres, contre un rocher.

– D'accord, jeune mage cachottier, répond le troll en mâchonnant une herbe. Mais dis-moi au moins combien de temps il va falloir rester sans rien faire.

– Je ne sais pas. J'ai lancé un sort de recherche, il faut qu'il revienne. Et il ne reviendra que quand il aura trouvé. C'est aussi simple que ça.

– « Laisse poire, fève ivre ! » soupire Erglug. Une formule du grand Hiéronymus pour signifier qu'il trouvait le temps long.

– « Une petite impatience ruine un grand projet », je dis en retournant à mon carnet. Ça, c'est Confucius.

– Je dirais plutôt que c'est confus tout court, rétorque Erglug avant de rugir de rire, tandis que je lève les yeux au ciel.

« Contraint par le destin à subir un idiot,
Passager clandestin d'un bel imbroglio,
Toi seule es ma bouée au milieu du naufrage,
Je dois te l'avouer, Arglaë, mon mirage…
Sortirai-je vivant de ces péripéties
Ou bien les pieds devant – ultime acrobatie ?
Je n'aurai qu'un regret, il faut que tu le saches :
Ne pas t'avoir serrée contre mon cœur de lâche… »

6

Un claquement sec m'arrache à mon carnet. Surgie du néant, la fumée tant attendue apparaît dans le frêne, s'enroule autour des frondaisons dégarnies, glisse le long du tronc pour finalement virevolter autour de moi comme un animal excité. Erglug laisse échapper un grognement inquiet. Ses yeux sont écarquillés. Je ne sais pas si c'est de peur ou simplement de surprise, mais je me fends d'un sourire cruel.

– Visiblement, je dis, le sort a trouvé quelque chose et semble impatient de nous le montrer. Tu es prêt, vieux troll poilu ?

J'ai alors la deuxième joie de ce début de journée : Erglug me laisse partir en tête, sans faire un seul commentaire !

La traversée est nettement moins impressionnante de jour, mais des formes sombres glissent sous la barque et, tout en soufflant dans mes doigts pour les désengourdir, je me félicite de ne pas avoir eu à plonger là-dedans.

Une fois quitté l'île, nous empruntons une route

goudronnée qui traverse le bois en direction du fort de Vincennes.

Où est-ce que nous allons et combien de temps va durer la traque ? Je l'ignore et je m'abstiens de tout pronostic. La fumée s'étire devant sur plusieurs mètres comme un long ruban, à l'épaisseur et à la couleur changeantes. Opaque, elle rase le sol en mille circonvolutions ou bien ondule paisiblement dans les airs, à la façon d'un serpent.

Je suis content d'avoir un troll avec moi. Pas seulement à cause des mauvaises rencontres éventuelles (c'est franchement rassurant d'avoir à ses côtés quelqu'un comme Erglug) mais – paradoxalement ! – pour la discrétion. Grâce aux effluves mystiques de mon compagnon de quête, nous cheminons incognito, sans attirer l'attention des rares promeneurs.

Une question cruciale me taraude, tandis que nous suivons notre guide vaporeux : est-ce que je serai à la hauteur de Siyah ? Si ce magicien est aussi fort que le prétend Erglug, je risque d'être proprement (salement ?) désintégré. Il serait beaucoup plus raisonnable d'avertir l'Association. Beaucoup moins glorieux, aussi. Pour tout avouer, je l'aurais fait si je n'avais pas le sentiment d'être allé trop loin. C'est aux entrepôts, en découvrant le casque brisé d'Ombe qu'il aurait fallu normaliser mon téléphone et la situation. Composer le numéro d'urgence et attendre les consignes. Maintenant c'est trop tard. Je me suis mis dans une situation embarrassante et je dois m'en sortir tout seul, comme un grand et sans pleurnicher.

Je secoue la tête pour effacer l'angoisse montante, comme ces ardoises magiques qui redeviennent vierges quand on les agite.

Erglug persiste à se tenir inhabituellement coi. Je repars donc à nouveau dans mes pensées, d'autres pensées qui m'entraînent d'Arglaë à Ombe, d'Ombe à l'Association, de l'Association à *Alamanyar*…

« Vous devinerez jamais, les gars ! Je suis en ce moment avec un troll de deux mètres de haut, en train de suivre un sort qui a pris l'apparence d'un ruban de fumée, prêt à en découdre avec un puissant magicien ! » Jamais je ne pourrai dire ça à Romu et Jean-Lu. Même si c'est la vérité. C'est très souvent, hélas, la vérité qui nous éloigne des autres. Parce qu'ils ne veulent pas, ou ne sont pas prêts à l'entendre. Du coup, on hésite à la leur dire ! Et puis on se referme sur soi et, en repoussant les gens, on devient l'artisan de sa propre solitude.

« Eh, Ombe, tu devineras jamais ! J'ai passé la nuit avec une trolle ! Enfin, on a parlé et elle s'est endormie sur mon épaule. Je n'ai pas failli, doulce princesse, tu es toujours la reine de mes pensées. » C'est nul. Tu ne diras jamais ça non plus à Ombe. Est-ce que c'est toujours vrai, d'ailleurs ?

« Rose, Walter, il faut que je vous dise : je n'ai pas tout à fait respecté le protocole. Je me suis lancé au secours d'un Agent alors que j'étais suspendu. Je n'ai pas trouvé l'Agent en question mais je suis tombé sur un troll que j'ai décidé d'aider. En ce moment même, je suis en route pour affronter un dangereux magicien et je ne sais pas si je vais m'en sortir vivant. »

Là, par contre, ça sonne juste. Ce qui prouve, eh bien, ce qui prouve que je ne peux pas mentir à Rose et que j'ai besoin de dire la vérité à Walter. Pourquoi ? Peut-être parce que je considère Rose et Walter comme des… parents ? chefs ? adultes ?

« Papa, maman, il faut que je vous parle. Voilà : comme vous n'êtes jamais là, j'ai promu à votre place une vieille secrétaire pète-sec, un petit gros transpirant et même un troll vorace et verbeux, auxquels je donne le droit (et de multiples occasions) de me harceler. »

Houlà, ça devient chaud. Voilà que je psychanalote, comme dirait Jean-Lu. Heureusement, Erglug m'empêche d'aller plus loin dans mes conclusions en mettant une de ses grosses mains sur mon épaule.

Devant nous, la fumée est devenue folle. Elle se convulse, fonce vers le ciel, fond vers le sol, trépigne, dessine les arabesques d'une véritable danse de Saint-Guy (pour les futurs étudiants en médecine, aussi appelée chorée aiguë, de Sydenham ou rhumatismale, fin de la parenthèse), une transe version fumée.

– Sais-tu ce qui se passe, jeune et docte mage ? me demande Erglug que je sens inquiet.

La magie n'est décidément pas son terrain favori.

– Pas la moindre idée, je réponds en fronçant les sourcils (pour renforcer mon côté docte). Le sort semble détraqué.

Reste à savoir pourquoi. Ce qui n'est pas facile puisque, comme la plupart de mes sorts, c'est la première fois que je l'utilise. Je l'ai déjà dit, ça ne fait pas longtemps que je pratique sur le terrain. Je n'ai que seize ans ! On ne peut pas être et avoir été (je n'ai jamais rien compris à cette formule mais elle en jette).

– Toi au moins, reprend Erglug, tu es rassurant. Il va nous exploser à la figure ?

– Non (ça j'en suis sûr). Au pire, on va le perdre. Soit parce qu'il va se désintégrer, soit parce qu'il va s'émanciper. Échapper à tout contrôle, quoi.

– Et au meilleur ?

– Il va se remettre à fonctionner tout seul. Ça ne dépend pas de moi.

– Bien que peu optimiste, ton analyse de la situation a le mérite de la franchise. « La franchise est à la portée de tout le monde, mais peu de gens tendent la main vers elle. » Ainsi dit Jules Renard qui, par l'odeur alléché, tint à peu près ce langage – pour caser La Fontaine !

Erglug discourt de nouveau. C'est plutôt bon signe. Mais je l'écoute à peine.

Mon attention est tournée vers un homme qui se dirige vers nous à grands pas.

Grand et maigre, cinquante ou soixante ans (je ne suis pas très fort pour l'âge des gens), longs cheveux sombres tirés en arrière, moustaches et barbiche. Autant dire un physique inhabituel. Quant à son accoutrement…, une chemise de soie noire, un pantalon à pinces, un pardessus noir également et des chaussures vernies !

Son regard passe d'Erglug à mon sortilège en train de danser. C'est un regard étonné, de ces étonnements à la limite de la colère.

Je comprends alors ce qui ne va pas. Cet homme parvient à voir Erglug ! Il semble immunisé contre la magie répulsive des trolls !

– Tu ne dis rien, jeune mage pensif, me lance mon gigantesque ami. Il se passe quelque chose ?

Je lui fais signe de se taire. L'homme est tout proche maintenant. Les pigeons s'écartent paresseusement de son chemin, avec la démarche ridicule des oiseaux obèses.

Puis il s'arrête net, comme s'il s'apercevait seulement de ma présence.

Ses yeux s'écarquillent sous l'effet d'une profonde stupeur. Tout à mon propre étonnement, je ne réagis pas quand il psalmodie les mots d'une formule complexe.

L'air se trouble et le sol vacille. En même temps, un bourdonnement insoutenable emplit l'air.

Je crie.

Le troll aussi.

Même si je ne comprends pas ce qui se passe, le fait qu'Erglug ressente la même chose me rassure.

Quand l'environnement se stabilise de nouveau, la route goudronnée a disparu pour laisser la place à un chemin boueux. La forêt, elle, s'est considérablement épaissie.

Quant à l'homme en noir, il s'est volatilisé avec le sort.

Tous les deux partis en fumée.

– Ah ! gémit Erglug. Je ressemblois proprement à une personne estonnée ou abestie, qui a perdu le sens et l'entendement, ne se souvenant plus qui il estoit !

– La nasture n'estoit point cholere, ny prompt à se courroucer, mais depuis qu'une fois il l'estoit, on avoit beaucoup affaire à la rappaiser ! je respons en faysant manière de me débouchoyer les esgourdes.

– Ah, jeune sorcelier esbaudissant, ne chommois pas ton entendement et ne laissois à tenter et essayer expedient quelconque pour tascher à faire quelque chose !

– Mais que nous prit tout soudain ceste resverie et desvoyement d'entendement ? je demandois à Erglug qui sembloit aussi estonnifié que moy de parlementer d'auçy estrange manière.

Et estoit alors que je remarquois que messire troll estoit vestu d'une rustilante armure de chevalier. Et moy (je le vist dans le reflect que me renvoya la diste armure et en eust l'entendement au rire point charistable dudit chevalier) d'une vêture de bouffon, façonnée de moult couleurs et fort grelottante.

– Pasmoison ? Aliénation d'entendement ? respond Erglug en hissant hault les espaules, dès qu'il a fini de se gaussayer de moy.

– Tu te pris à plorer de joye, je dis rempli de vexaille. Et estoit fort damnable et meschant !

C'est alors que le troll me décoche une baffe à me décrocher la mâchoire. J'en perds mon bonnet à clochettes et m'effondre sur le sol.

– Eh ! ça va pas, non ? Tu es complètement cinglé, ma parole !

Sans prendre le temps de réfléchir, je me relève et fonce tête la première contre son bas-ventre. Il accuse le coup en grognant et lève la main pour m'empêcher de remettre ça.

– Stop ! Ça suffira.

– Ça suffira, ça suffira ! Qu'est-ce qui t'a pris de…, je dis, hargneux, avant de me rendre compte qu'on reparle à peu près normalement. Eh ! bien joué !

– Généralement, un troll règle ses problèmes avec des baffes, m'explique Erglug, content de lui. Une fois de plus, la tradition vient de prouver sa supériorité sur l'innovation dont tu te révèles le chantre malheureux.

S'il avait dit chantre mou, je crois que ça m'aurait ulcéré.

Je ramasse machinalement le bonnet en observant

notre nouvel environnement qui, lui aussi, mériterait une bonne paire de baffes.

La route goudronnée s'est transformée en chemin de terre boueux creusé d'ornières profondes. Le bois clairsemé en forêt touffue, les arbres malingres en géants noueux aux branches torturées, couvertes de mousse. Des bruissements inquiétants et des halètements se font entendre sur les côtés de la route.

Je me rapproche instinctivement d'Erglug.

– Tu as une explication ? en profite pour me demander le troll.

Les explications, ça ne vient pas comme ça. Il faut réfléchir un minimum. Et là j'ai le cerveau liquide.

– Un sortilège, je réponds malgré tout, autant pour satisfaire Erglug que pour me rassurer.

Comprendre, c'est maîtriser les événements. Et donc offrir moins de prise à la peur.

– Un sortilège drôlement puissant, je précise. À côté du type qui a fait ça, je suis un nourrisson.

– Un type ? Quel type ?

– Le type qui marchait vers nous il y a pas deux minutes, juste avant qu'on soit changés en Don Quichotte et Sancho Pança. Tu ne l'as pas vu ?

Le troll bardé de métal secoue la tête. Blang-blang.

– Il ressemblait à quoi, ton type ?

– La soixantaine, genre grand échalas, barbiche et moustache de mousquetaire, tout en noir…

– Siyah ! s'exclame-t-il en tapant dans ses mains, provoquant à nouveau un grand bruit de casseroles.

– Tu es sûr ?

– Ta description y ressemble, en tout cas. Mais pourquoi Siyah ? Pourquoi venait-il vers nous ?

– Je pense, je dis en relançant ma mécanique cérébrale, que ton magicien a intercepté mon sort de localisation et l'a suivi, peut-être pour voir qui s'intéresse à lui. Lorsqu'il est tombé nez à nez sur nous, il a créé un sortilège de confusion et en a profité pour nous déplacer sur un autre plan. Ou sur le même plan mais ailleurs. Ou encore – et c'est l'explication la plus vraisemblable, à en croire nos tenues et notre façon de parler de tout à l'heure – à une autre époque.

– Un saut dans le temps ?

– Je n'ai pas assez d'éléments en main pour être sûr de quoi que ce soit.

– Donc ?

– On marche jusqu'à ce qu'on rencontre quelqu'un ou quelque chose qui puisse nous aider à sortir de ce cauchemar.

Joignant l'action à la parole, je m'avance sur le chemin de terre qui s'enfonce dans les arbres.

– « L'optimisme est une forme de courage qui donne confiance aux autres et mène au succès », soupire Erglug en m'emboîtant le pas. Puisses-tu avoir raison, Baden-Powell, ô éminent éclaireur, toi qui remplis jadis les forêts de campeurs succulents.

7

Je viens de comprendre pourquoi cet endroit me semble vaguement familier.

Il ressemble au décor des contes de fées de mon enfance ! Forêt sombre et profonde peuplée de présences inquiétantes, avec un magicien perfide dans le rôle du vilain.

La différence, c'est que je suis entré dans le livre avec mon attirail de mage et un troll musclé. Voici donc venu le temps de frire les méchants ! Entrent en scène, jeunes pucelles et fringants damoiseaux, Jasper le tombeur de trolles et Erglug le dévoreur d'épaule ! Pour quelles aventures ? Ne manquez pas les prochains épisodes du bouffon contre les vampires…

– Tu penses à quoi ? me demande Erglug qui s'est très vite débarrassé de son armure (« Je ressemble à un homard, là-dedans. Ça me donne faim »).

– À rien.

J'ai gardé, quant à moi (qui n'ai pas, comme mon camarade troll, l'habitude d'aller presque nu), mon habit d'arlequin ; j'ai juste abandonné le bonnet à grelots qui me donnait l'air cloche.

– Enfin si, je reprends. Je me dis que je suis bien content de t'avoir avec moi. Parce que comme camarade et frère d'Arglaë tu es un peu lourd, mais comme compagnon d'aventures on peut difficilement rêver mieux.

– Je te retourne le compliment si tu laisses ma sœur en dehors de ça, grogne Erglug en jetant de fréquents regards sur les côtés de la route. N'importe quel troll paierait une fortune pour s'offrir les services d'un magicien bienveillant.

– La bienveillance appelle la bienveillance ! Au sujet d'Arglaë, je me demandais...

– Stop ! N'insiste pas. Il y a dans les bois qui nous entourent des créatures qui dégusteraient volontiers un jeune mage horripilant.

– Tu es sûr ? je dis en me collant contre lui.

– Certain. Et si elles ne nous ont pas encore attaqués, c'est parce que je leur fais peur.

– Qui te dit que ce n'est pas de moi qu'elles ont peur ? je rétorque, les lèvres pincées.

C'est vrai, quoi. J'ai un démon et un vampire à mon actif, il faudrait pas l'oublier !

– Un jour, jeune mage ingénu, répond Erglug avec un sourire sarcastique, je t'offrirai un miroir et tu comprendras.

– Gna, gna, gna.

Après plusieurs heures de marche sous un couvert oppressant, à sursauter au moindre craquement de branche et à chaque cri étrange, la silhouette altière d'un château surgit brusquement derrière un virage.

Un gigantesque bâtiment blanc, improbable, dressant fièrement ses innombrables tourelles dans l'azur irisé de la fin d'après-midi.

– Je ne le sens pas, annonce Erglug en secouant la tête.

– C'est le château de la Belle au bois dormant, j'ajoute. En plus inquiétant. Un concentré de Neuschwanstein et de Minas Tirith.

– Seulement, tempère le troll, l'alternative, c'est la sombre forêt et ses créatures.

– Si on entre là-dedans, qu'est-ce qu'on va trouver ?

– Avec Hiéronymus, disons qu'« aucun soupir ne vaut un regret ».

– Tu as raison, je conclus pensivement en décidant d'arrêter une bonne fois pour toutes d'essayer de comprendre les élucubrations de Hiéronymus. Il faut à tout prix mettre la main sur Siyah, et ce n'est certainement pas dans la forêt qu'il se cache.

– Cessons de tergiverser, alors, dit Erglug en se dirigeant vers le pont-levis. Même si le magicien n'est pas là, il y aura peut-être quelque chose à manger. Je meurs de faim !

Le pont est baissé, la herse relevée. La porte en

bois cloutée, barrée de fer, est grande ouverte. Aucun garde ne patrouille sur les remparts.

Soit la région est particulièrement calme, soit le proprio est d'un naturel confiant. Troisième option (et, malheureusement, en ce moment c'est souvent la bonne) : il s'agit d'un piège. Trop tard de toute façon. Le troll s'est engouffré dans le château la bave aux lèvres et les narines frémissantes.

Lorsque je pénètre à mon tour dans le vaste couloir décoré de pièces d'armures chatoyantes, une alléchante odeur de ragoût m'assaille et manque me faire tomber. Je me sens tout à coup très faible, les jambes flageolantes. Le dernier repas n'est pourtant pas si loin. C'est sûrement l'énergie mystique déployée contre Erglug et moi qui nous a affaiblis de la sorte.

Notre cavalcade nous conduit directement au centre du château.

La salle d'honneur est plus grande qu'un gymnase. Des tentures richement brodées, arborant des scènes de chasse au réalisme étonnant, pendent le long des murs. D'énormes bougies dégoulinantes de cire sur d'immenses chandeliers diffusent une lumière délicate. Des tables couvertes de nappes blanches sont dressées sur les côtés. Et une foule de gens nous attendent, figés et silencieux.

Erglug s'est arrêté, surpris autant que moi.

– Ils sont bizarres, ces types, me souffle le troll dès que je le rejoins.

Effectivement. Tous vêtus richement, gras et gros, avec une vacuité dans le regard qui donne le frisson.

Je n'ai pas le temps de répondre à Erglug. La foule s'écarte pour laisser passer un homme au port de tête majestueux.

– Bienvenue dans mon castel, visiteurs, lance-t-il d'une voix forte en nous observant, les mains croisées dans le dos.

Il est lui aussi vêtu à la mode médiévale. Ses vêtements cousus de fil d'or, luxueux, sont à dominante rouge.

– C'est vous le taulier ? grogne Erglug qui semble avoir définitivement oublié son côté poète et philosophe dans le bois de Vincennes.

– C'est moi le maître du château, répond l'homme sans paraître le moins du monde impressionné.

Je décide d'intervenir avant qu'Erglug étrangle les voies diplomatiques.

– Merci de votre accueil, messire, je dis en esquissant une révérence maladroite. Nous sommes des voyageurs et nous nous sommes égarés en cherchant un... un ami portant le doux nom de Siyah. Grand, mince, le port altier et le regard flamboyant, une barbiche et des moustaches qui lui donnent fière allure. Le connaîtriez-vous, par un miraculeux hasard qui ferait, hum, fort bien les choses ?

Je jurerais voir le maître du château sourire. Mais la flamme des bougies agitée par les courants d'air fait trembloter jusqu'aux certitudes.

– Je le connais.

On se regarde avec Erglug, sans cacher notre surprise.

– C'est mon magicien, continue notre hôte.

Je n'ai pas le temps d'arrêter le troll. Celui-ci bondit, poings en avant, avec un rugissement monstrueux qui provoque un début de panique dans la foule. Mais son élan s'arrête net dès que le maître du château lève la main.

– Du calme, ami troll, dit-il d'une voix apaisante. Tu es ici dans ma maison et j'en suis le seul seigneur.

Erglug ouvre des yeux ronds, englué dans son attaque, incapable de bouger.

Le maître du château fait un pas de côté et laisse retomber sa main. La masse musculeuse et poilue achève son assaut sur les dalles de pierre.

– Il m'a paralysé, me souffle douloureusement Erglug. Par Krom, ça fait un mal de chien !

– Tiens-toi tranquille, je lui réponds à voix basse en l'aidant à se relever. Le château suinte la magie. Tu sais que ça ne te vaut rien.

Je me tourne vers notre hôte immobile.

– Pardonnez mon ami. Troll il est, troll il reste, fol et impétueux ! Vous disiez que Siyah était votre magicien ?

– Oui. C'est aussi un ami. Mais il n'est pas ici en ce moment.

– Ah ! Et où pourrions-nous le trouver ? je demande en conservant sur mon visage un sourire forcé.

Il secoue la tête.

– Ce n'est pas comme ça que ça marche. Cet endroit fonctionne selon des règles qui lui sont propres. Même moi, je ne peux y déroger.

– Ah… Ce qui veut dire ? je soupire en me débarrassant du sourire désormais inutile.

– Trois épreuves vont vous être proposées, continue, imperturbable, le maître du château. Si vous réussissez la première, je vous dis où se trouve le magicien. Si vous surmontez la deuxième, je libère le troll. Un succès dans la troisième et c'est ton tour, jeune sorcier.

Bizarre. Il aurait pu dire, vêtu comme je le suis : bouffon, clown ou fillette. Il a choisi sorcier. Très bizarre.

Quant aux épreuves… Par la barbiche des korrigans ! Ça me rappelle vaguement quelque chose.

– C'est tout ? intervient Erglug.

Le maître du château ne répond pas, se contentant de sourire. Le troll guette ma réaction. Que lui dire ? La porte par laquelle on est entrés dans la salle d'honneur n'existe plus, remplacée par les pierres épaisses d'un mur infranchissable.

Comme je le lui ai confié quelques instants plus tôt, il règne dans ce lieu une magie insidieuse et prégnante, que je peux sentir en fermant les yeux. L'affronter réclamerait plus de puissance que j'en aurai jamais. À moins que je découvre une faille. Mais pour l'instant, il n'y a pas d'autre choix que d'accepter le défi de ce taré.

Ne serait-ce que pour gagner du temps.

C'est ce que je murmure à l'oreille d'Erglug qui acquiesce en hochant la tête.

– Bien ! se réjouit notre hôte. Lequel d'entre vous relève le gant en premier ?

– En quoi consiste l'épreuve ? on demande presque en même temps, Erglug et moi.

– À devenir le roi des mangeurs.

Un rictus triomphant s'épanouit sur le visage poilu de mon compère.

– Je suis volontaire !

– Méfie-toi, je lui glisse tandis que le maître du château nous fait signe de le suivre. Il y a une entourloupe quelque part. Forcément.

– Ne t'inquiète pas, jeune mage anorexique, répond-il en se frottant les mains. Personne n'a jamais vaincu un troll sur le terrain de la mangeaille !

Je n'en reste pas moins inquiet. Siyah est un magicien fourbe. Notre hôte est l'ami de Siyah. J'en tire la conclusion logique qu'il ne faut pas attendre de lui, tout seigneur qu'il se prétende, un comportement de gentleman.

Au fond de la pièce, une mangeoire grossièrement taillée dans un tronc d'arbre repose sur le sol. Remplie à ras bord d'un ragoût à l'odeur délicieuse, morceaux de viande, pommes de terre et lardons, choux et sauce épaisse, qui répand le doux fumet humé tout à l'heure à l'entrée. Je salive malgré moi.

– Une marque sur le bois tous les cinquante centimètres, explique le maître du château. Le troll à un bout, mon champion à l'autre. Au signal, chacun mange le plus possible, le plus vite possible. L'épreuve s'arrête quand les deux se rencontrent. Je note alors la distance parcourue, vérifie ce qui a été laissé dans la mangeoire et désigne le vainqueur. On est d'accord ?

– Et comment ! rugit Erglug affolé par l'odeur du ragoût, en se mettant en position.

À l'appel du maître, un jeune homme fluet aux cheveux roux sort de la masse compacte des spectateurs et prend place à l'autre bout de la mangeoire.

Le rictus d'Erglug s'agrandit en découvrant son adversaire.

– Prêts ? demande notre hôte. Allez !

Le troll plonge la tête et commence à engloutir d'incroyables quantités de nourriture. À le voir dévorer ainsi, l'espoir renaît en moi.

– Er-glug ! Er-glug ! Vas-y mon vieux ! Imagine que c'est la guibolle de Siyah ! Ou son épaule !

Tandis que mon troll bâfre et avale, grogne et broie, rote et ingurgite, je m'intéresse aux performances de son adversaire.

Celui-ci, dans un style beaucoup plus sobre, progresse rapidement. Il ne faut pas se fier aux apparences, je l'ai toujours dit. Mais où ce gringalet met-il ce qu'il mange ? Mystère. Un rapide calcul, cependant, me fait craindre le pire.

– Plus vite, Erglug ! je hurle à mon champion. Tu

tiens le bon bout, ne te relâche pas ! Allez, une bouchée pour Jasper ! Une autre pour Arglaë ! Vas-y !

Fouetté par mes cris (ou par la proximité dans la même phrase de Jasper et d'Arglaë), Erglug donne un coup dans le collier et regagne de la distance.

– Stop ! annonce le maître du château au moment où les compétiteurs se retrouvent front contre front.

Erglug se relève en titubant. Je me précipite vers la mangeoire pour voir le résultat. Je me penche… et manque perdre un œil dedans.

– Blurp… Alors ? s'enquiert Erglug qui peine à retrouver son souffle.

Plus loin, le jeune homme roux semble indifférent à son propre et stupéfiant exploit.

– Hum, je dis en m'éclaircissant la voix, vous êtes arrivés en même temps au milieu de la mangeoire.

– Ça fait égalité, c'est ça ? Rhôôô… Pardon.

Je secoue la tête et prends un air désolé.

Le troll fronce les sourcils, les mains sur son ventre qui a doublé de volume.

– Si la distance parcourue est égale, il y a égalité ! insiste-t-il.

Comme je ne dis rien, il me rejoint au-dessus de la mangeoire. Il hoquette en découvrant l'incroyable réalité.

– Vous avez effectivement mangé la même quantité de nourriture, jubile le maître du château. Mais mon champion, lui, a également dévoré le bois de la mangeoire !

Sous nos yeux incrédules, en effet, il ne reste plus qu'une moitié du tronc d'arbre évidé. Celle d'Erglug.

– Comment c'est possible ? lâche le troll estomaqué (le mot est pour une fois particulièrement bien choisi).

– Justement, je lui réponds. Ce n'est pas possible.

Le maître du château se tourne triomphalement vers nous.

– Tant pis pour le magicien. Vous l'avez perdu en échouant dans cette épreuve. Mais il en reste deux ! C'est-à-dire une chance pour chacun de quitter cet endroit.

Je jette un regard sur la morne foule des cons morts (convives me semble peu adapté), en me demandant s'il s'agit d'autres champions malchanceux condamnés à rester au château pour les ternes nuitées…

8

– Je me sens un peu lourd, gémit Erglug en se laissant tomber sur le lit de planches grossières qui occupe la moitié de la chambre.

Chambre où un majordome aux allures de pingouin nous a conduits dans l'attente de la prochaine épreuve, avant de refermer la porte et de donner un tour de clé.

– Lourd, répète-t-il, et terriblement honteux. C'est la première fois qu'un humain supplante un troll dans une compétition de goinfritude royale. Qui plus est, un gringalet pitoyable et chétif. Je suis déshonoré !

– Arrête de te plaindre, je dis en balayant les lieux du regard. Ce n'est pas ça qui va arranger les choses.

Perchée dans l'une des tours, éclairée par une fenêtre minuscule, la pièce ressemble à une geôle. Le maître du château ne cache plus ses véritables intentions : nous sommes ses prisonniers.

Même si les vraies chaînes et les véritables verrous restent invisibles pour l'instant.

– « On se délasse puis on se délaisse, on se lasse et on se laisse », poursuit le troll en poussant d'énormes soupirs. Comme Hiéronymus a raison…

Pour ne rien arranger, le moral d'Erglug tangue dangereusement.

– Écoute, je lui dis en m'approchant et en tapotant son bras gros comme un tronc d'arbre, tu as été fantastique tout à l'heure. Je n'ai jamais vu quelqu'un manger aussi vite et autant que toi. Mais tu ne pouvais pas gagner. Le concours était truqué.

– Qu'est-ce que tu en sais ? souffle Erglug, livide, en tournant vers moi sa grosse tête triste.

– Ton adversaire a utilisé la magie !

– C'est vrai ?

– Je l'ai vu, je mens avec aplomb.

– Ça explique tout ! s'exclame le troll en reprenant instantanément des couleurs. « Triche ne rend pas riche l'âme et lame tranche les rangs rêches ! »

– Ah, indépassable Hiéronymus ! j'ironise en profitant de l'abattement d'Erglug. Maintenant, si tu permets, il faut que j'en sache plus sur la magie qui nous entoure. Alors digère ton ragoût et ta défaite en silence, ça m'aidera beaucoup. Merci.

Sans attendre de réponse, je m'assieds en tailleur à même le sol et pose entre mes jambes ma chère sacoche, momentanément (je l'espère) transformée en sac de toile à damier noir et blanc. Heureusement, le matériel et les ingrédients qu'elle contient ont échappé aux changements.

Je commence par boire la moitié de ma bouteille d'eau, remplie juste avant d'arriver au château dans un ruisseau limpide traversant le chemin. Les encouragements hurlés à Erglug, tout à l'heure, n'ont pas arrangé l'état de ma gorge !

Puis je déballe mes plantes, décoctions et autres potions, mes cristaux entiers ou réduits en poudre, mes métaux enfin, bruts ou ouvragés. Je sors ensuite mon brasero pliant, bougeoir et bougie, athamé, bocal de sel, chaudron de voyage, balayette en branches de genêt et sac de runes. Je contemple le tout. En me demandant par quoi commencer.

Chez moi, j'aurais ouvert les *Livres de Savoir* de ma bibliothèque (c'est comme ça que j'appelle parfois les *Livres des Ombres* tombés dans le domaine public, c'est-à-dire entre mes mains) à la recherche d'une indication, d'une idée.

D'une piste.

Mais je suis ici et il faut que je fasse avec (ou plutôt sans).

Alors, par quoi je commence ?

Une odeur épouvantable envahit la pièce.

– Désolé, dit Erglug d'une voix ensommeillée. Je suis un peu encombré, faut que ça sorte. Blurp…, ajoute-t-il en rotant effroyablement.

Ah ces trolls, philosophant et poétant à tout va !

J'ai du mal à croire qu'Erglug puisse être le frère d'Arglaë. Arglaë, si douce et si sensible. Délicate.

Arglaë, perdue bêtement à cause d'une échappatoire que je croyais lumineuse.

J'essaye de me concentrer. Du millepertuis ou du romarin pour dénouer le sort ? Pourquoi pas de l'ambre, pour voir les choses cachées ?

Non, je fais fausse route.

Sur la page de garde de son journal, Julie Yeux-de-braise a écrit, comme pour me prévenir : « Allumer une chandelle, c'est projeter une ombre. » Ce qui m'a poussé à la ranger immédiatement dans la catégorie des sorcières fantasques et romantiques.

Erreur. Il aura fallu le splendide sourire d'Arglaë pour m'éclairer.

Je comprends à présent ce que Julie Yeux-de-braise voulait dire : parfois, on croit dénouer une situation et on la complique.

Ainsi, la logique voudrait que j'utilise la magie pour contrer la magie. Maintenant, je ne suis pas sûr que ce soit le bon choix.

Je vais tout reprendre à zéro.

Faire les choses dans l'ordre.

Commencer par le commencement.

« Pour entendre, il faut être silencieux », m'a toujours dit ma mère. Je trouve (mieux vaut tard que jamais) que c'est un très bon conseil.

Je ferme les yeux. Répétant les exercices que nous faisions souvent ensemble, elle et moi, je me focalise sur ma respiration, repoussant dans un coin de ma tête les ronflements monstrueux d'Erglug.

J'inspire.

J'expire.

J'inspire.

Le souffle est le principal moteur de la magie. Parce que le souffle est lui-même magie. Et alchimie. De l'air pénètre en nous, apporte l'oxygène que nos poumons transforment en vie. Puis cet air ressort, différent, pour porter la vie aux arbres et aux fleurs qui, à leur tour, le modifient pour nous. Un cycle formidable et vertueux. Est-ce qu'on peut faire plus magique ?

Je respire, les yeux fermés, je m'éloigne de mes propres pensées qui se détachent et tombent de moi comme des fruits pourris.

Je franchis un palier.

Je suis en état alpha, celui des transes légères. L'état de clairvoyance.

Je rouvre alors les yeux et je vois.

Je vois une réalité formée de magie pure. Les planches du lit, les pierres de la tour, le sol sur lequel je me tiens, la pointe de l'arbre que je vois par la fenêtre, tout n'est que lignes et signes, grouillant, brillant et palpitant.

Jusqu'aux fourmis qui avancent en colonne le long du mur.

C'est un encodage d'une complexité déconcertante, une incroyable réécriture du monde. J'en reste médusé. Impressionné.

Effrayé.

Le magicien à l'origine de ce travail est d'une puissance sans égale.

Puis je balaye cette première impression, m'obligeant à observer attentivement la matière même du sortilège. Hélas, je ne parviens pas à l'identifier. Les signes utilisés comme trame de l'ensemble ne sont ni des runes ni des caractères elfiques. Je ne reconnais pas non plus l'égyptien archaïque ni le haut-sumérien qui auraient pu jouer ce rôle. Ce sont des symboles inconnus mais qui, curieusement, trouvent un écho en moi. Quant à la langue utilisée pour les lier, qui déroule ses mailles de clou en clou, elle m'évoque elle aussi quelque chose de précis, que je ne parviens pas (encore une fois, hélas) à me rappeler.

Épuisé, j'entame une redescente rapide à un niveau de conscience normal.

Je bois une gorgée d'eau et je rassemble mes pensées, en me félicitant de ne pas avoir foncé tête baissée, comme je m'apprêtais à le faire. En effet, la structure même de l'édifice magique qui nous retient prisonniers se serait nourrie de mes pathétiques efforts pour la briser. Si je veux nous sortir de là, Erglug et moi, il faut que je sois très prudent. Et que je tisse à mon tour un sort effroyablement complexe.

Le défi me fouette les neurones.

Je regarde autour de moi le monde redevenu normal. Un monde d'illusions que je dois dissiper. Pour cela, un élément s'impose immédiatement : le fer. Le fer est la clé. Ce sera la base et le principe de mon contre-sort. Avec d'infinies précautions puisque ce métal détruit la magie et affaiblit les êtres qui lui sont liés.

Comment je vais procéder ? Je suis un jeune sorcier sans grande expérience. Mais j'ai pour moi deux qualités essentielles : je suis doué (un démon et un vampire peuvent d'ailleurs… hein, je me répète ?) et doté de créativité.

Il suffit juste d'un élément déclencheur.

En attendant que ça se déclenche, je regarde les fourmis qui passent sous la porte et disparaissent dans une fissure, suivant un but mystérieux, important pour elles seules.

Fourmis. Porte. Fissure.

Mon imagination s'emballe aussitôt. Et si ces insectes, au lieu de miettes de pain, charriaient de petits morceaux de fer et allaient les déposer sans bruit sur les nœuds du sort, comme autant de bombes à retardement ?

Voilà ce que je vais faire ! Vraoum. Mon cerveau met le turbo.

Les runes. Elles seront mes fourmis. Quant au quenya, il servira d'interface avec le fer pour déclencher l'explosion.

Je n'ai jamais eu l'occasion de travailler en même temps avec mes deux langages magiques préférés, mais il faut bien un début à tout !

Le plus difficile est de trouver un support neutre

qui n'éveille pas l'attention du sort dominant. Lorsque j'étais en état alpha, j'ai constaté que, hormis mes ingrédients de base, deux choses échappaient à la trame mystique : Erglug et moi. Ce qui ne me laisse pas le choix.

Je frissonne. Est-ce que j'aurai ce courage ?

Je relève les manches de ma vraie-fausse chemise bariolée. Je saisis d'une main tremblante l'athamé à manche blanc, réservé à la cueillette des plantes et à la gravure des signes de puissance. Puis je pose sur une jambe repliée mon avant-bras gauche, paume vers le ciel, en essayant de maîtriser mes tressaillements.

Pour jouer le rôle de la fourmi ouvrière, celle qui doit porter les particules de fer, je pense d'abord à Raidhu, la rune Véhicule. Puis je me ravise et opte pour Elhaz, l'Aïeule, capable de faire sauter les verrous. Je lui adjoins pour la protéger, en tant que fourmi guerrière, Naudhiz, la Main, résistante aux agressions magiques. Enfin, en tête de la colonne, comme indispensable éclaireuse, Perthro, la Matrice, fille des chemins labyrinthiques.

Je les dessine toutes les trois sur la peau fragile de mon bras, en serrant les dents pour ne pas crier. La brûlure de la lame d'argent mordant ma chair m'étourdit. Je puise la force de continuer dans la pensée d'Ombe ou bien d'Arglaë, tout se brouille sous l'effet de la douleur. Enfin, je termine le travail et j'essuie du revers de la main droite la sueur perlant sur mon front.

L'avantage de fabriquer des runes avec du sang, avec le pot que je me paye, c'est qu'il contient tout le fer dont j'ai besoin…

Reste à réveiller mes trois belles.

– ᛞ ᛒᛟᚢᛏ, ᛚᚺᚨᛉ, ᛏᛟᛁ ᚲᚢᛁ ᚱ ᛈᛁᛏ ᚲᚢ ᚨᚾᛞ ᛏᚢ ᛒᚱ ᛚ ᛊ!ᛞ ᛒᛟᚢᛏ, ᚾᚨᚢ ᛞᚺᛁᛉ, ᚠ ᚢ ᛞ ᛚᚨᛊᚢᚱᚹ ᛁ !ᛞ ᛒᛟᚢᛏ, ᛈ ᚱᛏᚺᚱᛟ, ᛗ ᚨ ᛏᚱ ᛊᛊ ᛞᚢ ᛟᚱ ᚾ ᛏ ᛞ ᛊ!ᛈ ᚱᛏᚺᚱᛟ, ᛏᚢ ᛟᚢᚹ ᚱᛁᚱ ᚨᛊ ᛚ ᚺ ᛗᛁᚾ ᛏ ᛒᚱ ᚨ ᚾᛞᛁᚱ ᚨᛊ ᛚ ᚨ ᛚᚢ ᛗᛁ ᚱ ᚨᚢ ᛗᛁᛚᛁ ᚢ ᛞ ᛚ'ᛟ ᛒᛊ ᚢ ᚱᛁᛏ . ᚾᚨᚢ ᛞᚺᛁᛉ, ᛏᚢ ᛈᚱᛟᛏ ᚷ ᚱ ᚨᛊ ᛚᚺᚨᛉ ᛏ ᛚ ᚨ ᛊᚨᚢᚹ ᚱ ᚨᛊ ᛞ ᛏᛟᚢᛊ ᛚ ᛊ ᛈᛁ ᚷ ᛊ. ᛚᚺᚨᛉ, ᛏᚢ ᛈᛟᚱᛏ ᚱ ᚨᛊ ᛚ ᚠ ᚱ ᚨᚢ ᛟ ᚢᚱ ᛞ ᛚ' ᚾᚾ ᛗᛁ.

« Debout, Elhaz, toi qui crépites quand tu brûles ! Debout, Naudhiz, feu de la survie ! Debout, Perthro, maîtresse du cornet à dés ! Perthro tu ouvriras le chemin et brandiras la lumière au milieu de l'obscurité. Naudhiz tu protégeras Elhaz et la sauveras de tous les pièges. Elhaz, tu porteras le fer au cœur de l'ennemi. »

Les runes gravées dans la chair de mon bras se mettent aussitôt à vibrer. Puis à gonfler. À s'arracher de ma peau, enfin, dans un horrible bruit de succion.

Je déguste, par Krom (un trollicisme, désolé) !

Les trois runes flottent un moment dans les airs, indécises. Gonflent encore et se dédoublent. Encore une fois, et encore, jusqu'à ce que la pièce soit remplie de signes runiques rouge sang. Enfin, ils s'éparpillent et disparaissent, se fondant dans le décor.

Je jette un regard inquiet à mon bras : heureusement, il est presque redevenu normal, les runes ayant simplement laissé des marques rouges aux endroits touchés par l'athamé. Marques qui devraient disparaître avec le temps.

Mon contre-sort est en train de se mettre en place. Je dois l'achever, sans le tuer. Les runes ne sont que des instruments, le fer seul est l'objectif. Il faut encore lier le métal, l'attacher à ma volonté pour que le travail des runes ne soit pas vain.

Petite concentration, le temps d'une consultation mentale du dictionnaire quenya enfoui dans ma mémoire :

– 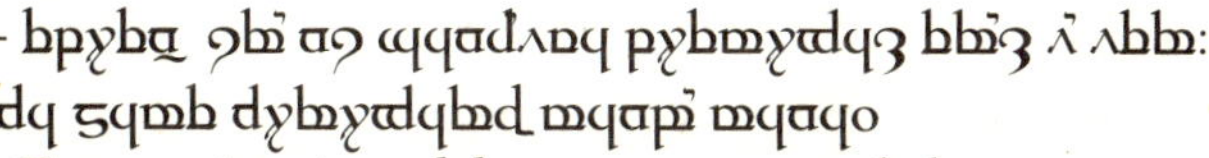

« *Equen : irë ni sandëlya quetuva, erë, lë lertuva mate curuvaro tanwë tana*. Écoute : quand je dirai ton nom, fer, tu pourras manger cette construction de magicien. »

Pas le temps de faire plus long, ni grammaticalement plus juste. Le fer doit absolument m'entendre avant d'être emmené hors de portée de voix par mes runes-fourmis.

Je respire un grand coup. Voilà, j'ai fait tout ce que je pouvais. Il ne reste plus qu'à espérer que ça suffira.

Je me serais bien allongé moi aussi, au moins quelques minutes, pour récupérer. La magie, ça fatigue. Et puis, contrairement à Erglug, j'ai le ventre vide depuis trop longtemps. Mais le troll prend toute la place sur le lit et le dandinant majordome a la mauvaise idée d'ouvrir la porte dans un grand « vlan ! » qui me fait sursauter.

– Bien dormi ? je lance à Erglug avec toute la perfidie possible, tandis que le valet attend sans rien dire dans l'embrasure, aussi vif qu'un papier gras sous la roue d'une voiture.

– Mhhhh, fait-il en s'étirant, les trolls récupèrent vite. Je me sens en pleine forme !

– Ouais, je vois, je ne peux pas me retenir (de lui dire). Tu pètes le feu, quoi.

Il grogne en s'asseyant sur le lit.

– Toi par contre, tu as l'air crevé. Et de mauvais poil.

– J'ai bossé, figure-toi, pendant que môôôssieur ronflait.

– Bah. « Le travail est un alibi, une fuite. », comme dit Adret.

– Un alibi je ne sais pas. Une fuite…, je l'espère. Debout, grosse larve ! Tu as encore deux épreuves à perdre.

Erglug secoue la tête en sautant sur ses pieds.

– Je ne perdrai pas. Je me sens d'attaque. Remonté et parfaitement agressif.

L'espoir fait vivre, comme l'a dit en d'autres termes Hiéronymus. Mais je garde cette réflexion pour moi. Suivant le bon conseil de Gaston Saint-Langers, je préfère laisser Erglug à ses illusions. Car « la mélancolie attend pour nous saisir que la brume se déchire ».

Un troll mélancolique, ça a quelque chose de flippant. Je préfère encore la brume.

Dans la cour du château où nous conduit le majordome de son pas traînant, nous avons la non-surprise de retrouver notre hôte et sa troupe de courtisans muets.

– Ah ! se réjouit le maître du château en nous apercevant. J'espère que vous vous êtes bien reposés ! Il reste deux défis à relever.

– Qu'est-ce que vous attendez de nous, maintenant ? je demande en laissant tomber les politesses désormais superflues.

– Un coureur rapide.

Erglug fait un pas en avant.

– Je rattrape un cheval lancé au galop. Votre champion n'a aucune chance.

– C'est vrai, je l'appuie. Tous les spécialistes des trolls vous le diront.

Notre élégant châtelain secoue la tête et les gants, en faisant mine de chasser un insecte.

– Je veux voir ça de mes propres yeux.

Il désigne deux poteaux plantés de l'autre côté de la cour.

– Cent mètres jusqu'aux piquets. Deux cents mètres pour un aller-retour.

– C'est quoi l'arnaque ? lance Erglug. Il faut manger le plus de cailloux possible sur le chemin ? Qu'est-ce qu'il va faire comme tour, cette fois, votre champion ?

– Aucune arnaque, ami troll, répond le maître du château sur un ton railleur. Le premier arrivé a gagné, tout simplement. Et le seul tour que mon champion fera, sera celui de son poteau.

Ignorant la moquerie, Erglug se rend derrière la ligne blanche tracée au sol. Ses mâchoires sont contractées. La crise de rage n'est pas loin.

Sur un signe du maître du château, un autre gringalet sort des rangs, qui pourrait être le frangin du bouffeur de mangeoire. Jeune, émacié, le visage inexpressif, seule la couleur de ses cheveux, noire, le distingue de l'autre. Aussitôt je comprends qu'Erglug n'a aucune chance.

– À vos marques. Prêts ? Partez !

C'est quelque chose, quand même, de voir détaler un troll, et je me fais la promesse de ne jamais m'enfuir si je suis poursuivi un jour par l'un d'eux. Même si les chances de s'en sortir restent proches de zéro, je pense qu'il vaut mieux les défier à la boxe qu'à la course.

Erglug parvient à la hauteur du piquet en même temps que son adversaire. J'ai l'impression de voir s'affronter un buffle et un guépard, tant les deux styles sont dissemblables. D'un côté la puissance, brute et sauvage, formidable ; de l'autre la grâce, la fluidité, impeccable.

– Allez Erglug ! je hurle de tous mes poumons. Plus vite ! Plus vite !

Mes encouragements ne suffisent pas.

À l'arrivée, le champion maigrelet devance le troll de quelques mètres.

Sans essoufflement.

Sans exultation particulière.

– Et de deux ! lance triomphalement le maître du château. Ce qui signifie que l'un d'entre vous passera le reste de sa vie ici, avec moi.

Erglug halète comme une locomotive à vapeur. À son regard, je comprends qu'il est furieux et que ça va dégénérer. Battu deux fois à plate couture ! Lui répéter que tout est truqué ne servirait à rien. Il y a chez le troll un côté… bestial, et il devient difficile de le raisonner quand la bête prend le dessus.

– Vous avez le droit de vous reposer à nouveau avant la dernière épreuve, annonce le maître du château, grand seigneur.

– Pas besoin de repos, gronde Erglug en avançant vers lui.

Ses poings se serrent et se desserrent, les muscles roulent sous sa peau (sa fourrure ?). Un peu de temps aurait bien servi mes plans, mais mon impétueux compagnon en a décidé autrement. Je croise fermement les doigts pour que mes runes fourmis soient aussi rapides qu'un troll montant dans les tours (de compteur).

– Très bien, dit le maître du château, pas impressionné pour deux sous par l'attitude agressive d'Erglug. De toute manière, tu es dans l'état d'esprit idéal pour relever le dernier défi.

– Grrruuuug ? lâche interrogativement Ergrug, euh, Erglug, sans desserrer les dents.

– Un affrontement, précise notre hôte. Une lutte, un duel physique. Celui dont les épaules touchent le sol a perdu.

– Grrroaaaar ! rugit affirmativement Ergroar... glug, en ouvrant grand les mâchoires comme un fauve affamé.

Un troisième avorton surgit de l'assemblée de courtisans à l'appel de son maître. Le même que les autres. Avec une tignasse blanche. Il enlève sa chemise, découvrant un torse maigrichon et des bras plus fluets que les miens.

– Mon vieil Erglug, je murmure pour moi seul, ça va saigner, j'en ai bien peur.

Obéissant à une stratégie millénaire qui, jusque-là, a toujours réussi à l'espèce troll, Erglug se jette sur son adversaire en hurlant. Deux mètres de hauteur, trois cents kilos de muscles, des épaules taillées pour enfoncer les murs, des bras capables de tordre un essieu de camion, des mains faites pour broyer crânes et genoux, une mâchoire habituée à arracher une jambe ou une épaule. Une machine à tuer et à tout détruire.

Finalement, je révise mon jugement. Quitte à affronter un troll, mieux vaut tenter sa chance dans la fuite !

Je ferme les yeux pour ne pas voir le massacre. Lorsque je les rouvre, le désastre est tel que je le pressentais. Total.

Le gringalet n'a pas bougé d'un centimètre.

Erglug, par contre, à moitié sonné, est étendu par terre. Les épaules au sol.

– Échec et mat ! crie presque le maître du château, quittant sa réserve et dansant comme un Indien.

– Qu'est-ce qui s'est passé ? grogne Erglug tandis que je l'aide comme je peux à se remettre sur ses pieds.

– Tu t'es ramassé une raclée, je lui explique à voix basse. Mais une raclée magique. Alors écoute-moi attentivement : à partir de maintenant, je prends les choses en main. La seule chose que tu as à faire, c'est de te calmer. Et de ravaler ton amertume.

– Cause toujours ! Je vais le massacrer, l'écraser, le réduire en bouillie, le…

Je l'interromps en lui donnant un coup de poing dans le ventre. Il n'en revient pas, le pauvre.

– Tu as eu ta chance ! C'est mon tour, je dis avec un regard noir.

Puis je me radoucis en le voyant baisser les yeux comme un gamin pris en faute.

– Rappelle-toi La Fontaine, Erglug : « Patience et longueur de temps font plus que force ni que rage. » Maintenant que le lion est tombé, c'est à moi de jouer.

– Si je suis le lion, grimace le troll, ça veut dire que tu es la souris…

– La fourmi, plutôt. Et je vais grignoter les mailles de notre filet, je confie à mon gigantesque ami.

Au même moment, le maître du château, qui a cessé ses cabrioles, s'avance vers nous les yeux brillants.

9

– Toi, le troll, commence le maître du château en toisant Erglug, je te vois bien en vert et jaune. Un pantalon trop court, avec des bandes. Une chemise à frous-frous. Et un bonnet ! Oui, c'est ça, un tricorne un peu mou… Toi, le morveux, continue-t-il en s'adressant à moi, tu es très bien en bouffon. C'est même criant de vérité ! Il te manque juste un chapeau. Avec des grelots.

L'air tremble un peu autour d'Erglug et hop, le voilà affublé des oripeaux grotesques évoqués par notre hôte maléfique. Très fort. Toute la magie déployée ici semble être à son service. Concentrée dans ses seules mains. Une énergie formidable, un pouvoir sans limites. Siyah a fait du bon boulot.

Le troll m'adresse un regard suppliant, rendu encore plus pathétique par son bonnet ignoble, mais j'hésite à déclencher mon sortilège.

Je n'ai pas le droit à l'erreur.

Plus je laisse du temps à mes runes, plus le sort

général qui nous environne et nous soumet à ses règles sera affaibli.

Je regarde donc le troll dans les yeux et je secoue la tête.

Ding-ding, font les grelots de mon nouveau chapeau.

Ding-ding ?

Au secours !

Tant pis pour le délai. Qui sait ce que ce dingue est capable de faire !

Expiration. Inspiration.

– 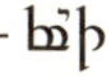

Le maître du château me fixe avec stupeur. Il faut dire que j'ai crié, autant sous l'effet du stress que pour être sûr d'être entendu par les microparticules ferreuses. Particules qui, je l'espère, infestent profondément le sort qui nous retient.

Il ne se passe rien.

Est-ce que j'ai hurlé assez fort ? Est-ce que Perthro s'est perdue en arpentant la trame complexe du sort ? Est-ce que Naudhiz a fléchi face aux défenses mises en place par le terrifiant et talentueux magicien ? Est-ce qu'Elhaz a renoncé à porter les charges destructrices au cœur du dispositif ?

Ou bien c'est moi.

Une énergie intérieure trop nulle. Une expérience trop faible pour bâtir un sortilège majeur. Des idées décidément loufoques, impossibles à mettre en œuvre…

Le bruit léger d'une allumette qu'on gratte m'empêche de me morfondre davantage sur mon incompétence supposée. Une petite flamme blanche, aux reflets bleutés, vient de surgir sur les dalles de la cour.

Une flamme sur de la pierre.

Si j'en crois le regard horrifié du maître du château, ce n'était pas vraiment prévu au programme.

La flammèche avance et gagne en intensité. Là où elle se trouvait, il y a maintenant un trou, comme si on avait brûlé un drap avec un tison.

Un trou qui laisse apparaître, sous la pierre, un petit morceau de goudron.

Jasper, c'est toi le meilleur ! Tes runes ont parfaitement joué leur rôle et ton incantation en quenya a marché à la perfection. Le fer est en train de dissoudre les points d'ancrage de la magie à l'œuvre tout autour de nous.

Une magie qui se consume en jolies flammes bleues et blanches.

Yeahhhhhh !

– Qu'est-ce qui se passe ? demande Erglug avec une petite voix.

– C'est le sortilège que j'ai inventé pendant que tu ronflais dans la tour, j'explique à voix basse. Il est en train de combattre la magie qui nous dérobe aux yeux du monde.

Un peu grandiloquent, mais c'est ma façon de célébrer ce triomphe !

Le regard du maître du château passe de ma personne aux flammèches qui, après avoir dévoré la cour, s'attaquent aux bâtiments. Il semble ne pas vouloir y croire. Tandis que le troll se serre contre moi (ce doit être de famille), j'assiste à l'effondrement du jeu de cartes, à la destruction du décor.

La tour où nous étions enfermés s'écroule et laisse place à un vulgaire banc de bois, comme on en trouve dans les parcs publics.

Les premiers courtisans rattrapés par le feu mystique disparaissent en agitant les bras, se transformant en pigeons affolés qui tentent vainement de s'envoler.

– Krom nous protège ! Mais c'est dément ! dit Erglug en secouant la tête.

Je ne réponds pas. Je tends le bras pour montrer au troll le dévoreur de mangeoire que mon contre-sort attaque à son tour.

– Ton premier adversaire. Regarde !

Le rouquin s'estompe et laisse place à un feu de bois construit à la va-vite sur un morceau de pelouse.

– Hein ?

Oui, les trolls sont loquaces. Particulièrement en présence de la magie.

– Tu n'as pas affronté un homme, ni un démon, j'explique à Erglug médusé. C'est un feu que tu avais en face de toi. Et rien n'est plus vorace que le feu !

– C'est pour ça qu'il a mangé la moitié de la mangeoire ?

– Tu comprends vite, je soupire.

– « Comprendre, c'est enfin cesser d'être pris pour un con. »

Autre miracle de mon contre-sort : Erglug est en train de redevenir lui-même.

– Aux deux autres, j'annonce, tandis que le sol sous nos pieds se transforme en route goudronnée.

Le vainqueur de la course se laisse sans broncher submerger par les flammes et s'évanouit, au sens premier du terme, dans un tourbillon qui fait s'envoler quelques feuilles mortes brusquement apparues.

– C'était qui, ou plutôt c'était quoi, celui-là ?

– Le vent, je réponds sans hésiter. Rien n'est plus rapide que le vent.

– « La nue se déchire, déclame Erglug en se prenant pour Chateaubriand, et l'éclair trace un rapide losange de feu. Un vent impétueux, sorti du couchant, roule les nuages sur les nuages ; les forêts plient ; le ciel s'ouvre coup sur coup ; et, à travers ces crevasses, on aperçoit de nouveaux cieux… »

Accompagnant la prose du troll, les flammèches, prises de frénésie destructrice, galopent et se goinfrent du moindre élément du décor. Y compris, à mon grand soulagement, de nos frusques grotesques.

– Le lutteur invincible, murmure Erglug en voyant le gringalet aux cheveux noirs succomber enfin à l'assaut du fer et se répandre sur le sol en une flaque d'eau sale.

– De l'eau ! je m'exclame. Bien sûr ! Comment se battre contre l'eau, insaisissable et infatigable, à l'image des vagues de la mer ?

– « Les êtres ont la mobilité et l'éphémère durée des vagues ; seules, les choses qui leur ont servi de témoins sont comme la mer et demeurent immuables. » À propos d'Estaunié, fait Erglug, étonné, en balayant du regard notre nouvel environnement : où on est ?

– À l'endroit même où tout a commencé, je dis autant pour lui que pour moi : dans le bois de Vincennes.

Sur l'emplacement exact de notre rencontre avec Siyah.

Je me tourne précipitamment vers le maître du château. Contaminé lui aussi par mon sortilège, son apparence se dissout, laissant apparaître…

– Le magicien noir, dit Erglug d'une voix blanche.

Chancelant sur la route qui traverse les bois en direction du fort de Vincennes, à proximité d'un banc public et au milieu d'une troupe de pigeons s'égaillant dans tous les sens, se tient l'homme aperçu quelques heures – quelques années ? – plus tôt.

Émacié, cheveux sombres tirés en arrière, moustaches et barbiche. Exit les vêtements chatoyants et brodés : retour à la chemise de soie noire et au pantalon à pinces, au pardessus noir et aux chaussures vernies.

– Le magicien noir, répète le troll qui semble réellement terrifié.

Mais l'œil sombre du mage, qui accuse le choc provoqué par le sortilège quenyo-runique, ignore superbement Erglug et se pose sur moi. Terrible.

On dirait bien qu'il m'en veut, le maître du château de cartes.

– Toi ! tonne-t-il d'une voix chargée de colère. Sais-tu ce que tu as fait ?

Pour ceux qui l'ignoreraient, j'ai déjà affronté un démon et un vampire. Sans compter (avec un succès moindre, il faut le reconnaître) Walter et mademoiselle Rose. Ce n'est pas un magicien, si méchant soit-il, qui va me faire peur.

– Je ne voyais pas d'autre solution pour me débarrasser définitivement de mon chapeau à grelots, je réponds effrontément.

– Tu as détruit un monde que j'avais mis des années à édifier ! rugit-il, prouvant définitivement son manque d'humour et de recul.

– Comme l'affirme Gaston Saint-Langers, qui s'y connaissait en la matière : « Détruire est une forme de construction, car elle permet sur le champ des ruines de faire pousser d'autres possibles. » Vous devriez y réfléchir !

Je lis un étonnement réel sur son visage.

– Tu es encore plus cinglé que je l'imaginais, dit Siyah en secouant la tête.

– Alors, c'est que vous n'avez pas beaucoup d'imagination.

– Tu vas mourir et tu fais ton malin ! C'est courageux de ta part.

– Un duel de sorciers ? C'est ça que vous voulez ? Comme entre Merlin et madame Mim ? Vous vous voyez plutôt en vieux barbu ou en vieille peau ?

Le magicien noir a un sourire que j'ai du mal à interpréter mais qui ne semble pas franchement bienveillant.

– Qui parle de duel ? Ça sera un massacre. Avec des membres arrachés et du sang, beaucoup de sang.

Bon, il la joue psychologique. Et ça marche ! Je ne peux empêcher quelques tremblements de courir le long de ma colonne vertébrale.

Je me prépare à son attaque, repassant dans ma tête les formules de protection contre les agressions vives et brutales. Il peut venir, je l'att…

Un grondement terrifiant.

Juste derrière moi.

Qui enfle et qui me glace.

Ploc, ploc.

Un filet de bave dégouline sur mon épaule.

Je me retourne lentement, presque au ralenti.

Erglug est là, à quelques centimètres. Pas le Erglug ramant sur un lac un soir de pleine lune en déclamant des vers. Ni le Erglug me faisant la confidence de son affection. Mais le troll de cauchemar qui a essayé de tuer Ombe et qui a mangé la jambe d'un expert malchanceux.

– Erglug ? je dis en déglutissant.

Sa grosse main m'attrape par le cou et me soulève de terre. Je me cramponne au bras velu, tandis que le magicien noir éclate de rire.

– Il est à moi. Je le contrôle. Tu ne le savais pas ?

Si je n'ai pas encore la gorge broyée, c'est parce que Siyah est un sadique qui aime prendre son temps.

Je n'ai aucune chance de m'en sortir par la fuite (mes pieds ne touchent plus le sol), ni par la lutte (ses avant-bras sont de la taille de mes cuisses), encore moins par le dialogue (son Q.I. est actuellement proche de celui d'une huître). Reste la magie. À condition de faire vite.

Mon cerveau mouline. Le problème, c'est qu'il tourne dans le vide. Pas facile, il faut dire, de se concentrer, quand trois cents kilos de muscles et de fureur prête à éclater menacent de vous étrangler…

… On raconte qu'au moment de mourir, toute notre vie repasse devant nos yeux en une fraction de seconde.

Mais là, ce n'est pas ma vie qui défile.

Devant mes yeux exorbités, je vois passer des cartes de tarot.

Quatre cartes de tarot.

Tirées par ma mère quand elle s'amusait à me lire mon avenir.

Car il n'y avait pas seulement la Force, l'Impératrice et l'Amoureux.

Il y avait aussi le Chariot, les difficultés à surmonter.

Il y avait, harcelé par un chien, le Mat, vagabond hirsute, brutal et insouciant.

Erglug, évidemment.

Avec, dans le rôle du chien, un sortilège de soumission.

Il y avait le Bateleur, le maître du jeu.

Le maître du château plutôt : Siyah le Noir.

Et il y avait le Pendu aux vêtements de bouffon, souffrant mille morts pour accéder à la force intérieure.

Moi…

… Le Pendu. Souffrant mille morts. La force intérieure.

C'est mon bras, cramponné à celui d'Erglug, qui me donne l'idée dont j'ai besoin pour vivre encore un peu (et surtout pour ne pas mourir sans avoir connu de fille).

Les runes. Le fer !

Un sortilège attache le troll au magicien noir. Le contre-sort des runes-fourmis a prouvé son efficacité tout à l'heure. S'il a pu venir à bout d'un édifice mystique complexe, je pense qu'il parviendra sans problème à perturber un lien de soumission !

– ᛞ ᛒᛟᚢᛏ, ᛚᚺᚨᛉ, ᛏᛟᛁᚲᚢᛁ ᛒᚱ ᛚ ! ᛞ ᛒᛟᚢᛏ, ᚾᚨᚢ ᛞᚺᛁᛉ, ᛚᚨ ᛊᚢᚱᚹ ᛁᚹ ᚨᚾᛏ ! ᛞ ᛒᛟᚢᛏ, ᛈ ᚱᛏᚺᚱᛟ, ᛗᚨᛏᚱ ᛊᛊ ᛞ ᛊ ᛞ ᛊ ! ᛈ ᚱᛏᚺᚱᛟ ᛏᚢ ᛊ ᚱ ᚨᛊ ᛚ ᚷᚢᛁᛞ. ᚾᚨᚢ ᛞᚺᛁᛉ ᛏᚢ ᚷᚨᚱᛞ ᚱ ᚨᛊ ᛚᚺᚨᛉᚲᚢᛁᛈᛟᚱᛏ ᚱ ᚨ ᛚ ᚠ ᚱ ᛈᛟᚢᚱ ᛞ ᛏᚱᚢᛁᚱ ᛚ ᛊ ᛗᚨᛚᛊ ᛞ ᛚ' ᚾᚾ ᛗᛁ.

« Debout, Elhaz, toi qui brûles ! Debout, Naudhiz, la survivante ! Debout, Perthro, maîtresse des dés ! Perthro, tu seras le guide. Naudhiz, tu garderas Elhaz qui portera le fer pour détruire les maléfices de l'ennemi. »

J'ai légèrement modifié la formule. Pourquoi ? Pour

ne pas toujours répéter la même chose ! Et puis pour faire plus court. Je commence à suffoquer, moi.

Les marques des runes que j'avais gardées sur mon bras s'évaporent après le dernier mot, si faible que je me demande si je l'ai vraiment prononcé. J'assiste à la multiplication des signes tremblotants et à leur disparition, comme des puces affamées, dans le pelage du troll.

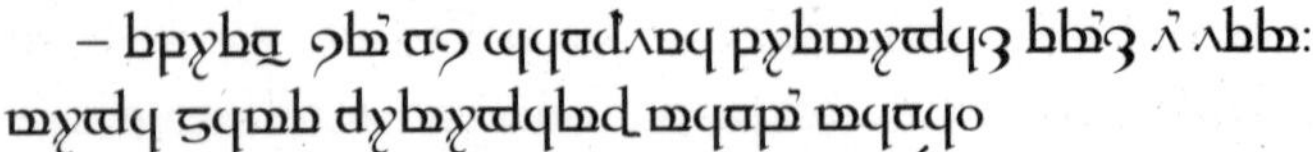

Rien de changé, là, par contre : « Écoute, quand je dirai ton nom, fer, tu pourras manger cette construction de magicien. *Equen : irë ni sandëlya quetuva, erë, lë lertuva mate curuvaro tanwë tana.* »

Pas le temps d'attendre davantage. Je prends une ultime inspiration et, priant pour que les runes n'aient pas lambiné en route, lance le mot qui dégoupillera mon sort.

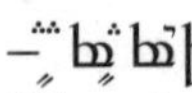

C'est-à-dire : *E… Er… Erë !*, soit : « F…Fe… Fer ! »

On fait ce qu'on peut quand on a une main de troll coincée en travers de la gorge.

Là, il se passe très exactement trois choses.

Première chose : Erglug me lâche et je me vautre sur le sol.

Deuxième chose : Erglug hurle comme un damné et donne l'impression de vraiment beaucoup souffrir.

Troisième chose : le magicien noir lance un « non ! » furieux et se précipite vers moi.

C'est alors que je prends conscience de trois trucs.

Premier truc : un troll génère une magie instinctive, intrinsèque à sa nature de troll. Le fer transporté par mes runes est hélas en train de s'attaquer à cette magie, sans la distinguer de celle que Siyah a introduite artificiellement. C'est pour cela qu'Erglug réagit si violemment.

Deuxième truc : j'aime bien Erglug. Le voir se tordre dans tous les sens me serre atrocement le cœur.

Troisième truc : il ne faut jamais tourner le dos à un magicien en colère, même quand un ami troll a un problème.

– Cette fois, c'est trop ! souffle le magicien noir en arrivant à ma hauteur.

Il esquisse quelques gestes et prononce quelques mots, dans cette langue étrange que je ne connais pas et qui pourtant résonne familièrement à mes oreilles.

J'ai immédiatement l'impression d'être englué dans un attrape-mouche géant. Incapable de bouger. À la merci de ce malade. Tandis qu'Erglug hurle de douleur.

– J'aimerais pouvoir faire durer le plaisir, annonce Siyah en se plantant devant moi et en tendant une main en direction de mon cœur. Mais tu m'as prouvé par deux fois que tu es plus dangereux que tu en as l'air. La plaisanterie est donc finie. Je mangerai ton cœur, foi de magicien.

J'aurais volontiers ri du jeu de mots, même involontaire, si je n'avais pas aussi mal à la gorge. Et si un fou furieux n'était pas en train d'incanter pour me broyer la poitrine…

Dire qu'un Agent stagiaire aux yeux bleus et une trolle voluptueuse auraient pu avoir mon cœur, et que c'est un vieux beau qui va l'obtenir !

Siyah pose sa main aux doigts fins et délicats sur ma poitrine.

Pas bon, pas bon du tout.

Je me sens possédé par une rage terrible, celle de ma totale impuissance.

Impuissance à me sortir de là, impuissance à aider Erglug. Impuissance à mettre ce débris endimanché hors d'état de nuire.

Au moment où je commence à ressentir une violente douleur, Siyah interrompt dans un hoquet le rituel barbare.

– Non, fait-il en titubant et en reculant d'un pas. Non !

A-t-il vu dans mon cœur le visage d'Ombe le menaçant de mille morts ? Celui d'Arglaë montrant les dents ? Je ne le saurai jamais. Parce que je ne cherche pas à comprendre. Je profite que le sort d'immobilisation soit brusquement distendu pour frapper mon bourreau.

Je vise la joue.

Je touche l'œil et je le crève.

Siyah hurle, de douleur cette fois.

Chacun son tour, je me dis en essuyant avec une grimace de dégoût mon pouce ensanglanté sur mon pantalon.

Le magicien s'éloigne en titubant, le visage dans les mains. Je songe un instant à le poursuivre mais les sanglots d'Erglug me ramènent à d'autres priorités.

Comment stopper un sort qu'on ne savait pas lancer quelques heures plus tôt ?

Le fer. C'est le fer que je dois convaincre.

Les runes, elles, ont accompli leur mission et se sont sûrement déjà évaporées.

– 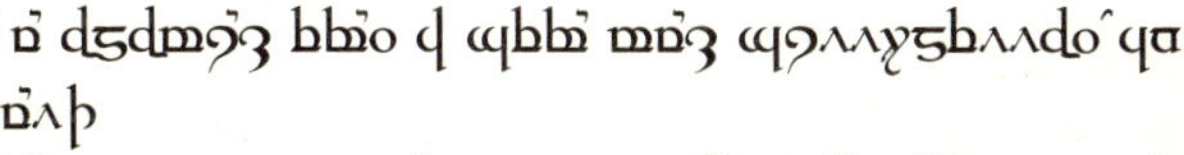

« *Tyë omotië, erë. A serë tyë, sillumello. Hantanyël !* Tu as travaillé dur, fer. Repose-toi maintenant. Je te remercie ! »

C'est tout ce que je trouve à dire pour arrêter les dégâts.

Erglug est allongé par terre et sanglote. Il doit sacrément déguster. J'ignorais même qu'un troll pouvait pleurer.

Puis un interminable frisson s'empare du corps musculeux.

Le troll se met à trembler comme une feuille.

Contrecoup caractéristique d'un sort violent cessant de s'exercer : c'est fini. Le fer a stoppé net son attaque. Il m'a obéi.

Je me précipite auprès d'Erglug. Je me penche sur

lui, je le secoue doucement. La montagne de muscles reste prostrée et halète.

– Erglug ! Erglug… Ça va ?

Il pousse un faible grognement.

– Je suis désolé, Erglug ! Vraiment ! Tu allais me tuer ! Je n'ai pas pu faire autrement !

Je suis en larmes, moi aussi. C'est la première fois que j'inflige (physiquement) du mal à quelqu'un que j'aime bien. On ne se connaît que depuis deux jours, Erglug et moi, mais ce qu'on a vécu ensemble était très fort.

– Dis-moi quelque chose, Erglug ! je continue d'une voix étranglée. S'il te plaît.

Le troll bouge enfin. Il tourne vers moi un visage tuméfié, ravagé par la douleur.

– Fais-moi deux promesses…, jeune mage dangereux, articule-t-il péniblement.

– Tout ce que tu voudras !

Je sais que les trolls possèdent des facultés de récupération supérieures à celles des humains. Mais là, c'est impressionnant. Erglug parvient à s'asseoir. Il inspire et expire plusieurs fois avant de reprendre la parole.

– Promets-moi… de ne jamais être mon ennemi.

– Accordé ! je dis en lui tapotant l'épaule.

Il se redresse complètement, grimace, puis bouge chacun de ses membres pour s'assurer que tout fonctionne comme avant.

– Et de ne jamais dire à personne que tu m'as vu pleurer, termine-t-il d'une voix lourde de menaces.

– Je te le promets !

J'hésite à poursuivre. Je comptais profiter de son état de faiblesse, mais il semble aller beaucoup mieux. Je me lance quand même :

– Ça serait chouette que toi non plus tu ne sois jamais mon ennemi. Tu as vu la marque que tu m'as laissée sur le cou ? Je vais avoir un bleu énorme ! Il va falloir que je porte un foulard pendant au moins une semaine !

– Quand je pense que je tenais enfin l'occasion de te faire taire, soupire Erglug en levant les yeux au ciel.

– J'imagine que ça veut dire oui. Ensuite… Eh bien, j'aimerais que tu me laisses fréquenter ta sœur.

– Même pas en rêve ! gronde-t-il en les braquant sur moi.

– Ça veut dire non ? Tu es dur. J'ai dit fréquenter, pas draguer. Et puis n'oublie pas que je t'ai libéré de ta soumission. Enfin, j'imagine. On n'a pas eu le temps de vérifier mais je pense que, vu les dégâts qu'il t'a infligés, mon sortilège a détruit le lien magique existant entre Siyah et toi.

– Tu m'as abominablement tourmenté !

– On ne fait pas d'omelettes sans casser d'œufs.

– Tu as raison. Je vais d'ailleurs le prouver tout de suite en te transformant en omelette.

– Eh bien, je rétorque, acerbe, tu n'as pas mis longtemps à redevenir toi-même ! N'empêche qu'un pacte est un pacte. Je t'ai libéré. Même les trolls doivent honorer les pactes !

– Mais qu'est-ce que ma sœur vient faire dans le pacte ? demande Erglug éberlué. C'était ma liberté contre la vie de ton amie.

– C'est possible, je reconnais en rougissant. Maintenant que tu le dis…

– En plus, reprend le troll en pointant vers moi un doigt accusateur, c'est un pacte que tu n'as pas honoré.

– Comment ça ?

– Tu devais liquider le magicien noir.

– Il s'est enfui, je confesse piteusement. Mais c'était lui ou toi ! J'ai choisi…

Erglug me fixe un long moment et m'accorde enfin un sourire.

– « Après une bonne querelle, dit Cioran, on se sent plus léger et plus généreux qu'avant. » Il a mille fois raison. Viens dans mes bras, Jasper, et faisons la paix.

Je n'hésite pas une seconde. Je me précipite contre lui et j'enserre de mes bras la taille épaisse du troll. Erglug me donne l'accolade.

– Ce que tu as fait pour moi, dit-il une fois les effusions terminées, je ne l'oublierai pas. Je vais t'en donner la preuve.

Il fouille dans une poche de son pagne, en extirpe une figurine en os polie par les ans.

– Si un jour tu es en danger, utilise ceci.

Je prends dans ma main la pièce qui représente un troll sculpté de façon grossière.

– C'est un artefact ? je demande avec respect. Un moyen de t'appeler près de moi en cas de besoin ?

Erglug me regarde avec de grands yeux.

– Hein ? Un bibelot magique ? Et puis quoi encore ! C'est juste une statuette de troll, pour te rappeler d'être fort et courageux quand ça tourne mal.

– Ah, je lâche, déçu, en rangeant malgré tout la figurine dans ma sacoche. Merci !

– Pas de quoi.

– Qu'est-ce qui va se passer, maintenant ?

– On va chercher à manger. Je meurs de faim.

10

Notes sur les trolls – vie et mœurs – par Jasper, Agent stagiaire.

« On raconte beaucoup de bêtises sur les trolls. Ces balivernes sont notamment le fait de certains Allemands qui se bombardent spécialistes parce qu'ils ont survécu (parfois de justesse) à une rencontre avec un membre (quand ils ont de la chance) de cette espèce… »

« Ainsi, les trolls ne sont pas du tout philosophes et leur sens de l'humour est carrément limité. Il y a des exceptions. Erglug Guppelnagemanglang üb Transgereï, par exemple, est d'une certaine manière l'archétype du troll et en même temps l'anti-troll par excellence. Fougueux et impétueux (souvent pétueux tout court, hélas), violent et sauvage, buveur et bâfreur, costaud et résistant comme un char d'assaut, il est paradoxalement capable, outre le poète philosophe troll Hiéronymus Verkling barb Loreleï, de citer

Chateaubriand et Desproges, de s'émouvoir devant une fleur, et il trouve un réel plaisir à abuser de ces jeux de mots hilarants par lesquels on reconnaît les gens de qualité… »

« Ce fameux Erglug a une sœur, Arglaë, dont je ne dirai rien, sinon que les femmes trolles ne sont pas toutes grosses et moches. Il éprouve pour elle une grande tendresse ainsi qu'un vif et irrépressible sentiment protecteur dont les jeunes mâles entreprenants peuvent faire les frais (d'hôpital). Ce qui prouve que la famille est sacrée aux yeux des trolls, qui mènent par ailleurs une vie solitaire, libre et primesautière… »

« Le clan est un autre aspect de la vie sociale troll. Il regroupe des individus autour d'un ancêtre commun. Celui dont se réclame le clan d'Erglug, par exemple, est sorti du bois et de l'anonymat en 1392, en attaquant l'escorte de Charles VI dans la forêt du Mans et en flanquant au roi de France une pétoche dont il ne s'est jamais remis.

Le clan se réunit à l'occasion de célébrations rythmées par les cycles naturels (comme le solstice d'hiver) ou bien en cas de guerre contre un autre clan. Il peut arriver que plusieurs clans s'unissent, pour faire face à une menace extérieure. Mais leurs activités principales (manger, boire, se bagarrer et je passe sur le reste, parce qu'il y a de jeunes Agents stagiaires qui pourraient être amenés à lire ces notes) occupent trop les trolls pour que ce genre de guerres destructrices soient fréquentes… »

« J'en profite pour tordre le cou à une rumeur colportée par de jeunes blondinets à tête de fayot : les trolls ne sentent pas tous mauvais (certaines trolles sentent même plutôt bon…, c'est en tout cas le bruit qui court !).

Les seuls véritables effluves qu'ils dégagent sont d'ordre mystique. Une sorte de magie naturelle et instinctive, formant une aura à large spectre qui pousse les humains ordinaires à les éviter et à ne pas les remarquer.

Je ne trahis pas un secret. Je crois que les trolls l'ignorent et, dans le cas contraire, s'en moquent pas mal… »

« Les rapports des trolls avec la magie sont intéressants à plus d'un titre et mériteraient davantage qu'un paragraphe.

Mais je me dis qu'un paragraphe, c'est quand même mieux que rien.

Il est de notoriété publique dans le monde des magiciens que le troll est particulièrement réceptif au sort de soumission. En réalité, il est particulièrement réceptif à tous les sorts, qui déclenchent chez lui des réactions extrêmes. Il craint donc et évite la magie quelle qu'elle soit, source pour lui de malaise (dans le meilleur des cas) ou de douleurs (dans le pire dégât).

Un magicien inexpérimenté a un jour, par inadvertance, jeté sur un troll un sortilège s'attaquant à la magie brute dont il est imprégné, ce qui a causé au troll et au magicien une grande souffrance, physique pour le premier et psychologique pour le second.

Ceci illustre à merveille mon propos et le prolonge de manière inattendue : jusqu'à quel point l'essence des trolls – et, par extension, celle des êtres appartenant au monde des Anormaux – est-elle liée à la magie ?... »

« Trois choses sont particulièrement hallucinantes chez les trolls.

La première, c'est la quantité de nourriture qu'ils sont capables d'avaler et la vitesse à laquelle ils peuvent le faire. À vos marques ! Prêt ? Feu...

La deuxième, c'est la rapidité de leur course, alors que tout dans leur apparence annonce la puissance pataude. Ils vont comme le vent. Pile à poil.

La troisième, c'est leur force. Enfin, c'est ce qu'on m'a raconté, parce que je n'ai pas encore eu l'occasion de voir un troll briller dans un combat.

Quoi qu'il en soit, je pense qu'il pourrait y avoir des olympiades de trolls, des concours pour départager les meilleurs mangeurs, les meilleurs coureurs et les meilleurs lutteurs. Mais je dis ça comme ça, hein, ce n'est peut-être pas une bonne idée... »

« Est-ce que les trolls croient en Dieu ? Difficile à dire. Certains d'entre eux, comme Erglug, font souvent référence à Krom, sorte de divinité tellurique et priapique, qui court après les femmes en éclatant de rire et écrase ses ennemis avec un grand marteau. Krom est surtout invoqué quand les choses tournent mal, pour jurer, ou pour manifester son intérêt quand une jolie trolle ou un beau magicien (dans le cas d'une jolie trolle) passe dans le coin (enfin, c'est juste un exemple)… »

« Les trolls ignorent ce qu'est le froid. Ils vont l'hiver vêtus d'un simple pagne en peau de bête, non pas à cause d'un sentiment de pudeur qu'ils ignorent, mais (dixit Erglug) à cause des mouches vert et jaune particulièrement irritantes qui leur tournent souvent autour. Personnellement, je trouve ces fameuses mouches répugnantes, mais elles possèdent l'immense qualité d'obliger les trolls à porter des pagnes… »

« Les poils dont les trolls sont couverts ne ressemblent pas à ceux d'une fourrure animale. Ils ont un côté humain assez dérangeant. On aperçoit d'ailleurs assez nettement la peau dessous, surtout chez les trolles, moins abondamment velues que leurs homologues mâles. Ces poils peuvent être doux et soyeux, surtout ceux de l'épaule et du cou… »

« Les trolls éprouvent-ils les mêmes sentiments que les humains ? Je réponds sans hésiter oui. Sauf qu'ils les expriment différemment.

Si quelqu'un me tape sur les nerfs, je me contente de lever les yeux au ciel, d'éviter ce quelqu'un ou (cas extrême) de l'envoyer balader. Un troll aurait plutôt tendance à lui arracher un bras ou à lui écraser la tête d'un coup de poing.

Si une fille me plaît, j'essaye d'accrocher son regard, de lui sourire, de lui écrire un petit mot ou de lui parler. Une trolle préférera prendre la main du garçon sur lequel elle a jeté son dévolu pour l'entraîner dans les bois.

Il y a, chez les trolls, un côté direct et spontané dont les humains sont (malheureusement ?) dépourvus… »

« La nourriture trolle ne vaut pas une ligne dans le guide Duchemin. Elle consiste essentiellement en viande rouge grillée sur le feu. Les trolls la mangent à moitié crue ou brûlée, avec force bruits de bouche et autres grognements.

Les plus raffinés fabriquent une sorte de pain avec une farine mal écrasée délayée à la bière. Ils en font des tranches énormes sur lesquelles ils mettent la viande qu'ils mangent ensuite avec force bruits de bouche et autres grognements.

Des fruits de saison constituent le dessert.

Les trolles, n'échappant point aux obsessions des femmes pour la verdure, allègent les ventrées carnées avec une poignée d'herbes cueillies au bord de l'eau ou l'écorce d'un frêle arbrisseau.

Comme boisson, les trolls se contentent d'une bière épaisse et chargée en alcool, brassée avec flemme et servie dans de grandes cornes d'aurochs.

Le seul truc bio, c'est qu'à mon avis, tout ça est complètement bien (ou le contraire, je ne sais plus, Erglug vient de m'obliger à bière toute une corne de boire)... »

« La musique et la danse laissent une première impression d'archaïsme, voire de ringardise. Quand on regarde de plus près, c'est différent. Un gros tambour, sur lequel se déchaîne un troll infatigable et enthousiaste, donne le rythme, tandis qu'une flûte maniée avec dextérité joue la mélodie. Si on tend l'oreille, on s'aperçoit que les variations rythmiques sont très riches et que la musique, loin d'être répétitive, se renouvelle en permanence.

Il suffit de voir les trolls se trémousser en dessinant de subtiles arabesques pour en avoir la confirmation : certains groupes de rock prometteurs, qui déclencheraient la ferveur des spectateurs au *Ring*, feraient un bide ici.

Il paraît que les trolles dansent merveilleusement bien, avec une sensualité qui met le feu à la neige. Je ne sais pas. Quand j'y étais, il n'y avait pas de neige... »

« Quel est le prédateur du troll ? La question peut paraître étrange, mais j'ai remarqué depuis longtemps que tous les êtres vivants ont le leur. Le ver de terre, la poule. La poule, le renard. Le renard, le loup. Le loup, l'homme. L'homme, le vampire. Le vampire, l'homme. L'homme, le ver de terre. Et le troll ? J'ai pensé au magicien. Et à la bière. La bière a mis au tapis bien plus de trolls que les magiciens… »

« J'ai demandé à Erglug pourquoi les quelques trolls qui se piquent de philosophie citent essentiellement les penseurs humains. N'existe-t-il pas de philosophes trolls, hormis l'abscons et incompréhensible Hiéronymus Verkling barb Loreleï ?

Erglug m'a répondu qu'il connaissait intimement un brillant philosophe troll qui écrirait volontiers un livre si son temps n'était pas bouffé par les questions d'un jeune mage scribouillard.

Je lui ai dit que je n'embêterais plus ce brillant philosophe troll si sa sœur était là et il a essayé de me frapper. Heureusement, neuf litres de prédation mousseuse sont venus à mon secours. Erglug s'est lamentablement étalé par terre en grognant une citation du brillant philosophe troll auquel il venait de faire allusion : "Si tu touches à ma sœur, je casse ta gueule de jeune mage hormonalement perturbé !"

Finalement, c'est peut-être mieux qu'il n'écrive pas de livre et que Hiéronymus Verkling barb Loreleï reste le seul de son espèce… »

« J'ai essayé de savoir s'il existait beaucoup de trolls. Les réponses ont été évasives mais j'ai cru comprendre qu'il y en avait davantage autrefois qu'aujourd'hui.

À cause de l'expansion des hommes. Moins de zones sauvages, moins de trolls.

En plus, les trolls ne peuvent pas habiter n'importe où. Les forêts sont toutes occupées par d'autres Anormaux obligés de se cacher des hommes. Empiéter sur leurs territoires provoquerait des conflits sans fin.

C'est pour cela que l'Association est intervenue et a conclu toutes sortes d'accords. Elle a reconnu aux trolls certains droits sur certaines zones et a obtenu d'eux qu'ils s'en tiennent là. En échange, elle s'est engagée à leur venir en aide en cas de problèmes.

C'est donc mon statut d'Agent qui m'a valu d'être épargné par Erglug lors de notre première rencontre.

On est peu de chose, quand on y réfléchit bien… »

« J'ai demandé à Erglug pourquoi il n'y avait ni bébés ni enfants trolls à la fête. Il m'a répondu que les jeunes vivent à l'écart des adultes, avec leur mère, dans des endroits sûrs, en attendant d'être en âge d'affronter les périls d'un monde dominé par des humains instables et craintifs, donc dangereux.

Je lui ai demandé ensuite si les jeunes filles trolles se regroupaient elles aussi dans un endroit spécifique, et Erglug m'a recommandé d'aller prendre un bain dans l'eau glacée du lac… »

« Erglug m'a confié tout à l'heure un secret qui, depuis, me laisse songeur et me pousse à mettre un terme à cette prise de notes.

Il m'a dit, en gloussant, que les trolls en général (et lui en particulier) racontent beaucoup de bêtises. De l'ordre de cinquante pour cent, pour l'ensemble de leurs propos.

Ce qui relativise considérablement l'importance de mes informations et porte un sacré coup à leur crédibilité.

J'ai été tenté de tout déchirer. Et puis je me suis dit qu'au pire la moitié de mes notes restait valable. La difficulté étant de faire le tri… »

11

« Chère Arglaë,

J'espère qu'Erglug tiendra sa promesse et qu'il te remettra cette lettre. Il m'a affirmé que les trolls savent lire. Il plaisante souvent, mais j'ai accepté de le croire, parce que j'ai envie que ce soit vrai.

J'ai décidé de t'écrire en désespoir de cause puisque je t'ai attendue deux soirs de suite sur l'Île-aux-Oiseaux, en vain. J'ai guetté ton arrivée, le cœur battant, sursautant au moindre bruit.

Mais tu n'es pas venue. Ton frère m'a dit qu'il n'y était pour rien, qu'il ne t'avait ni donné de consignes particulières ni interdit de me voir. Que les jeunes trolls étaient imprévisibles, qu'ils aimaient se retrouver en bande pour délirer et refaire le monde, un monde plus beau, un monde d'avant l'omniprésence des hommes.

Ces deux nuits où tu n'étais pas là, j'aurais aimé être un troll.

Pour de vrai, je veux dire.

Car j'ai été promu troll d'honneur ! En récompense

de mes exploits. Parce que j'ai libéré Erglug du sort qui le liait ou bien parce que j'ai réussi à le supporter toute une journée ? Toujours est-il que les autres ont fait de moi le héros d'une grande fête donnée en mon honneur. On m'a obligé à engloutir plus de viande que je n'en ai jamais mangé, boire de la bière et même danser ! Je connais deux gars qui auraient payé une fortune pour voir ça.

J'ai vécu dans la clairière de l'Île-aux-Oiseaux des moments formidables.

Mais tu n'étais pas là.

Je sens encore sur mon épaule le poids de ta tête, dans mon cou ton souffle régulier. Dans mon âme les étoiles vers lesquelles se perdait ton regard.

Je ne sais plus très bien où j'en suis. Je croyais sincèrement que mon cœur battait pour une autre. Maintenant je ne sais pas. Peut-être que je ne le saurai jamais puisque je ne vois pas comment ni quand je pourrai te revoir. Moi plongé dans ma vie de jeune mage lycéen, toi dans celle de jolie trolle en fugue perpétuelle.

J'avais plein de choses à te dire en commençant ma lettre. J'ai peur qu'elles soient affreusement banales et niaises. Alors je vais m'arrêter là. J'ai dit, je crois, l'essentiel.

J'ai beaucoup regretté que tu n'aies pas été là. J'aurais voulu te parler. Te sentir à côté de moi. Essayer d'y voir plus clair (ou encore moins !). Tant pis. On court tous après des réponses. J'ai bien l'impression que je n'ai pas fini de cavaler derrière, en attendant que le destin abatte ses cartes !

Où que tu sois, Arglaë, et quoi que tu fasses, j'espère que ça va.

Fais attention à toi et que Krom te protège.

Jasper »

12

Il n'y a pas long de l'Île-aux-Oiseaux jusqu'à Paris. Cinq minutes de barque, trente de marche sur des chemins balisés jusqu'à la gare du RER, douze de train, enfin, pour arriver au centre de la capitale. Pas de quoi fouetter un troll.

Et pourtant.

J'aurais pu prendre une fusée pour aller sur la lune, un avion en direction de la jungle amazonienne ou un bateau vers l'antarctique, je n'aurais pas été plus dépaysé.

Pendant un long moment, j'ai regardé les humains autour de moi comme s'ils étaient des extraterrestres. Je les ai trouvés ridiculement petits et fragiles dans leurs vêtements d'hiver. Exagérément affairés. Graves et tristes.

Puis ma grille de lecture du monde s'est ajustée, elle est repassée sur le mode normal et tout est redevenu comme avant. Avant ma rencontre avec Erglug.

C'est faux.

Rien ne sera plus jamais pareil.

Car je fais désormais partie du clan de l'Île-aux-Oiseaux, à titre honorifique, certes, mais quand même. J'ai hérité d'un seul coup et de façon massive de la famille que je n'ai jamais eue. Une grande et encombrante famille, mais une famille au poil.

Le touriste japonais, dans la rame, fait un bond de côté quand je commence à grogner et à montrer les dents.

Du calme, Jasper. Couché. Là, bon troll.

La rue du Horla, où se trouve le siège de l'Association, est à quelques pâtés de maisons de l'arrêt de bus. Tant mieux, j'ai besoin de marcher. Le métro m'aurait conduit plus près, mais je n'ai pas eu le cœur, en quittant le RER, de rester sous terre.

J'ai vécu ces derniers jours dans le présent, confronté à des problèmes urgents puis à des moments heureux. Le temps avec moi-même, je l'ai passé à attendre Arglaë, à l'espérer. Elle n'est pas venue. Je lui ai écrit une pauvre lettre qui va définitivement me griller.

La marche délie mes pensées, qui se bousculent et se jettent les unes sur les autres dans une gigantesque foire d'empoigne. Les événements récents commencent à affluer.

Ils reviennent en masse et me submergent :

– le concert au *Ring* et ce succès inattendu dont je n'ai même pas profité ;

– le coup de fil à Ombe et son agression ;

– le sortilège de filature ;
– Erglug dans l'ombre des entrepôts ;
– le bois de Vincennes et la nuit avec Arglaë ;
– la magie au pied de l'arbre ;
– le face-à-face avec Siyah et sa transformation en maître du château ;
– les épreuves virtuelles ;
– mes runes-fourmis à l'assaut de la forteresse ;
– l'affrontement avec Erglug et le duel avec le magicien noir ;
– la fête dans l'Île-aux-Oiseaux…

Qui a dit que les ados s'ennuyaient à regarder passer leur vie avec des « bof » et des « on fait quoi » ?

C'est pourtant ce que j'aurais dû faire, m'embêter chez moi au lieu de courir les routes ! Car je suis officiellement suspendu de toute activité par l'Association et c'est ça, surtout, que je redoute en traînant les pieds sur le trottoir.

Ça va barder, c'est évident.

Il paraît qu'être adulte, chez les humains, c'est assumer ses choix et ses actes. Je ne sais pas pourquoi mais j'ai là, tout de suite, une furieuse envie d'être troll.

Il y a autre chose qui me tourmente, tandis que mes pas me rapprochent dangereusement de la rue du Horla. Ce n'est pas Arglaë (je suis obsédé, d'accord, mais il ne faut pas exagérer). C'est la magie.

Bon sang, il y a moins d'une semaine, j'affrontais un démon et je m'en sortais sans une égratignure ! Et puis un vampire, lui aussi vaincu grâce à mes sortilèges.

Il y a deux jours, c'était le tour d'un puissant magicien.

Sans compter mon combat contre Erglug. Terrasser un troll, c'est pas rien ! Ça m'a valu le respect immédiat des meilleurs lutteurs de son... de mon clan.

Où est-ce que je veux en venir ?

Je ne suis qu'un jeune mage inexpérimenté et je viens à bout d'Anormaux ou de Paranormaux théoriquement beaucoup plus forts que moi.

Mes pouvoirs grandissent et je ne sais pas pourquoi.

J'aurais aimé pouvoir en parler à quelqu'un. Mais je ne vois pas qui !

Quelqu'un de l'Association ? Rose ou Walter, le Sphinx ? Non. Pour eux je suis un gamin, agaçant et incontrôlable. Ils ne me prennent jamais au sérieux. Pire : ils n'essayent jamais de me comprendre. Un expert alors ? Quelques experts sont venus donner des cours sur la magie dans le cadre de notre formation. Sans me vanter, j'étais au moins aussi fort qu'eux... Et puis, quand on considère que le séminaire sur les trolls a été assuré par un spécialiste qui ne connaissait pas grand-chose aux trolls, on est en droit de se poser des questions sur les as de la magie employés par l'Association !

De fil en aiguille, j'en viens à repenser à mes combats et je me dis que la magie ne suffit pas à tout expliquer. J'ai aussi eu de la chance.

Beaucoup de chance.

Le démon aurait pu me dévorer sans problème, s'il

n'avait pas été si nonchalant et sûr de lui. Le vampire aussi, qui a préféré me dérouiller plutôt que me liquider sans attendre. J'ai à chaque fois mis à profit le temps qu'ils m'ont bêtement laissé pour trouver une solution.

Pareil pour le magicien noir : sa morgue et sa haine l'ont aveuglé et…

Stop. Non, pas le magicien noir.

Lui n'a pas pris de risque. Il m'a immobilisé. Il était à deux doigts de m'arracher le cœur et j'étais totalement impuissant.

Ce n'est pas moi qui l'ai vaincu, c'est lui qui a battu en retraite.

Brusquement.

Sans raison.

Comment est-ce que j'ai pu oublier ce détail en consignant cet épisode dans mon *Livre des Ombres*, hier, entre le cinquième et le sixième repas de la journée ?

C'est très bizarre. Plus que ça, même. Très inquiétant.

Sans oublier qu'il a réussi à s'enfuir. Et qu'il a de bonnes raisons de m'en vouloir personnellement : j'ai déchiré l'étoffe fragile du monde qu'il avait patiemment inventé et je lui ai crevé un œil. On déteste les gens pour moins que ça !

Oui, j'aimerais vraiment connaître quelqu'un capable de me dire quoi faire, comment me protéger, me préparer pour la prochaine et inévitable rencontre avec le magicien noir.

Les chiffres métalliques du 13 de la rue du Horla penchent un peu. Je ne m'en étais pas aperçu avant aujourd'hui. Peut-être parce que je n'ai jamais autant hésité à pousser la porte à la peinture écaillée.

Je contemple le terrain vague à côté duquel l'immeuble qui abrite les locaux de l'Association dresse sa façade défraîchie. Le grand panneau, presque illisible maintenant, qui annonce la construction prochaine d'une résidence, m'hypnotise comme le ferait l'écran d'une télévision. Je cligne des yeux.

Courage, Jasper.

L'entrée n'est pas fermée et une odeur tenace d'urine me prend à la gorge. Pas de doute, je suis dans le bon immeuble. Une lueur pâlotte prend possession des escaliers lorsque j'appuie sur un interrupteur qui a dû connaître l'époque de René Coty.

Premier étage, celui de l'Amicale des joueuses de bingo.

Deuxième étage, celui de l'Association.

Troisième étage, celui du Club philatéliste.

Je n'y suis jamais monté.

Toc toc. Le contact de mes doigts avec le puissant sortilège qui protège la porte de l'Association déclenche dans mon bras une série de frissons inhabituels. L'appréhension, sans doute. Je me dis que celui qui a apposé ce sort complexe pourrait certainement être un interlocuteur de poids. Est-ce que mademoiselle Rose serait d'accord pour me le présenter ?

Le déclic d'ouverture me ramène à la dure instantanéité. Je prends une grande inspiration et j'entre.

En face, tout proche d'un tableau dans le couloir représentant la Gorgone, le secrétariat. À l'intérieur du secrétariat, chignon, lunettes rondes et cheveux gris, mademoiselle Rose. Qui pivote instantanément dans ma direction et me fixe avec l'air sévère réservé aux indésirables.

– Bonjour Rose, je lance bravement en pénétrant dans le bureau.

– Jasper ? Qu'est-ce que tu fais là ? Je sais que les mathématiques ne sont pas ton point fort, mais il reste neuf jours avant ta réintégration !

J'essaye de soutenir l'intense regard qui me dévisage et je finis par baisser les yeux. Comme d'habitude.

– Je... J'ai...

Mademoiselle Rose hausse un sourcil.

– J'ai désobéi, je dis dans un murmure à peine audible.

Quelque part, une porte claque. Le pas lourd de Walter résonne dans le couloir. Il ne manquait plus que ça !

– C'est la voix de Jasper que j'entends ? tonne le directeur avant de faire irruption dans le secrétariat. Eh bien, tu devrais être chez toi, en train de faire tes devoirs !

– Justement, je réponds en levant les yeux sur le petit homme bedonnant serré dans une affreuse chemise vert terre (original). Je faisais mon devoir... mais pas chez moi.

Le visage de Walter devient écarlate, tandis que mademoiselle Rose hausse le second sourcil.

– C'est une longue histoire, je commence.

– Essaye de résumer, dit Walter en essuyant avec un vieux mouchoir constellé de taches suspectes la sueur perlant sur son crâne.

– D'abord, je voudrais savoir : vous avez des nouvelles d'Ombe ?

– Nous l'avons vue hier, me rassure mademoiselle Rose, qui sent dans ma voix que c'est important.

Un poids invisible quitte mes épaules. Ombe est passée rue du Horla. Elle a survécu aux loups-garous des entrepôts. Elle va bien…

– Alors, cette histoire ? s'impatiente Walter.

– Voilà, je reprends. J'étais tranquillement en train de faire de la musique avec des copains dans un bar. Je vous ai parlé de mon groupe, *Alamanyar* ?

– Une autre fois, Jasper, me coupe mademoiselle Rose.

– Oui, une autre fois. Où j'en étais ? Ah, je reçois donc un coup de téléphone d'Ombe. Enfin, c'est-à-dire que c'est plutôt moi qui l'appelle.

– Au mépris de toutes les consignes. Bref !

– Oui, bref. À l'autre bout du fil, j'entends les bruits d'une bagarre et puis plus rien. L'angoisse absolue. Qu'est-ce que vous auriez fait à ma place ?

– Nous aurions appelé l'Association, j'imagine, répond Walter en grinçant des dents.

– L'Association. Bien sûr ! Évidemment… C'est

pas que je n'y ai pas pensé, mais je me suis immédiatement senti tenu par l'article 8 : « L'aide à un Agent en danger prime sur la mission. »

– Parce que tu étais en mission ? me demande mademoiselle Rose avec une pointe d'ironie.

– D'une certaine façon, oui. « Vivre est en soi une mission, celle de se tenir droit dans ses bottes. »

Walter et mademoiselle Rose échangent un regard que je n'arrive pas à déchiffrer.

– Qu'est-ce que Gaston Saint-Langers vient faire là-dedans ?

– Euh rien, je bafouille. En fait, c'est vrai, j'étais plutôt dans l'absence de mission. Mais j'ai pensé que ma mise à pied était automatiquement levée en cas d'urgence !

– Ensuite ? soupire Walter.

– J'ai élaboré un sort de localisation à partir de nos téléphones portables. Ce sort m'a conduit jusqu'à des entrepôts, au bord de la Seine, après le périphérique.

– C'était un sort de localisation ou de transfert ? Je ne comprends rien, sois précis !

– J'ai localisé Ombe grâce à un sort et j'ai remonté sa piste en scooter, je reprends patiemment pour Walter. Avec MON scooter, je m'empresse de préciser en voyant le visage de mademoiselle Rose s'assombrir. Je m'en suis acheté un depuis la dernière fois. Mais arrivé sur place, plus d'Ombe. Juste les traces d'une grosse bagarre.

– Donc, après avoir constaté ce qui s'est passé, tu es rentré chez toi.

– Euh non, Rose. Parce que les entrepôts n'étaient pas vides.

Mes interlocuteurs retiennent leur souffle.

– Un démon ?

– Un démon ? Pourquoi un démon ? Je ne rencontre pas des démons tous les jours, quand même !

– Tant mieux, tant mieux ! dit Walter apparemment soulagé. Alors, qu'est-ce que tu as vu ?

– Un troll.

Cette fois, ils sursautent tous les deux.

– Un troll qui a essayé de tuer Ombe, je précise. Mais il n'a pas réussi. C'était lui, les traces de bagarre. Il m'a dit qu'Ombe était repartie saine et sauve avec un loup-garou, juste avant que j'arrive. C'est pour ça que je m'inquiétais et que je vous ai demandé si…

– Un troll, répète Walter en me coupant et en tirant sur sa cravate mauve à rayures jaune fluo. Décidément, les trolls sont à la mode en ce moment.

– Ce n'est pas après moi qu'il en avait mais après Ombe, je répète, sans comprendre la remarque de Walter. Enfin, lui il n'en veut à personne. Un magicien a pratiqué sur ce troll un sort de soumission. Et c'est ce magicien qui, par son intermédiaire, a essayé de tuer Ombe. Ne me demandez pas pourquoi, je n'en sais rien.

– C'est à ce moment-là que tu as compris que la

mission de sauvetage n'avait plus de raison d'être et que tu es rentré chez toi, dit Walter avec espoir.

– Non. C'est à ce moment-là que je me suis dit que la véritable mission commençait, je réponds en sachant très bien que je ne pourrai plus faire marche arrière.

Walter cherche un siège et s'y laisse tomber. Mademoiselle Rose branche l'enregistreur qu'elle utilise avec moi, soi-disant parce que mes rapports sont trop longs pour être pris en notes.

Il y a un silence que j'interprète comme une invitation à continuer.

– Quand j'ai compris qu'Erglug – c'est le nom du troll – continuerait à pourchasser Ombe, j'ai conclu un accord avec lui : il acceptait de la laisser tranquille le temps que je retrouve le magicien et que je neutralise le sort de soumission.

– Un accord, gémit Walter en s'épongeant cette fois le front. Avec un troll !

Certains moments de la vie ressemblent à ceux qu'on passe sur le fauteuil d'un dentiste. J'ouvre grand la bouche, je serre fort les accoudoirs de mon siège et je continue, avec emphase d'abord, puis, devant le regard clairement désapprobateur de mademoiselle Rose, avec davantage de concision :

– Montant sans frémir dans le chariot du destin, je... j'ai accompagné le troll sur l'Île-aux-Oiseaux, où il m'a présenté à son clan. J'ai ensuite lancé un autre sort de localisation et on est partis à la recherche de

Siyah, c'est le nom du magicien mais, moi, je préfère l'appeler le magicien noir, parce qu'il est malfaisant et qu'il s'habille en noir. On n'a pas eu à courir très loin parce que le magicien noir, attiré par mon sort, est venu à notre rencontre. On s'est aussitôt retrouvés, Erglug et moi, dans une réalité alternative complexe imaginée par Siyah. Une sorte de Moyen Âge revisité dans lequel son avatar était tout-puissant. Vous me suivez ? J'ai dû fabriquer un ingénieux contre-sort qui nous a renvoyés dans le bois de Vincennes. Là, j'ai affronté le magicien noir et je l'ai mis en déroute, après avoir libéré Erglug de sa soumission. Les trolls du clan d'Erglug ont absolument tenu à me garder avec eux pour fêter ça, et c'est pour cette raison que je viens faire mon rapport aussi tard.

Je reprends ma respiration pendant que Walter et mademoiselle Rose se regardent sans rien dire.

– Tu nous dis la vérité, hein, Jasper ? me demande Walter en retrouvant sa voix chaude et paternelle, celle que j'aime et qui me met en confiance. Ce n'est pas une histoire sortie de ton imagination foisonnante ? Une histoire que tu aurais entendue de la bouche d'une… d'un camarade, sur laquelle tu aurais brodé ?

– Eh bien, je sais que ça peut paraître hallucinant, raconté de cette manière, mais c'est la vérité. Je le jure !

– On te croit, Jasper, dit mademoiselle Rose en se radoucissant. Bien. Il reste beaucoup de points à éclaircir, de détails à donner. On va en avoir pour un moment. Tu veux un chocolat chaud ?

Je fais oui de la tête et demande aussi un grand verre d'eau. J'ai la gorge sèche d'avoir parlé. Finalement, je vais peut-être couper à l'engueulade. Et même recevoir des félicitations !

– Jasper, dit encore Walter en se levant. Je te laisse entre les mains de Rose. Quand tu auras fini de lui raconter tout ce qu'elle veut savoir, tu viendras dans mon bureau. Il faut que nous parlions.

Peut-être pas, tout compte fait.

13

Je quitte le secrétariat alors que le soir approche. J'ai essayé de me souvenir de tout et j'ai tout raconté à mademoiselle Rose.

Sauf mon histoire avec Arglaë.

Je n'ai pas non plus révélé le détail de mes sortilèges, c'est quelque chose que les sorciers gardent pour eux. Pas plus que je n'ai parlé des cartes tirées par ma mère dans un jeu de tarés… euh, de tarot (après tout, il s'agit peut-être d'une coïncidence).

Enfin, j'ai caché mon intronisation au sein du clan d'Erglug. Pourquoi ? C'est idiot mais j'ai eu peur que mademoiselle Rose trouve ça ridicule. Et ça m'aurait dérangé qu'elle trouve ça ridicule, parce que c'est un événement important pour moi.

– Entre.

J'ai pourtant à peine effleuré la porte du bureau de Walter, au bout du couloir. J'obtempère et, à son invitation, je m'assieds dans un des fauteuils réservés aux visiteurs.

– Rassure-toi, commence Walter en compulsant des dossiers, je ne vais pas faire de sermon. Tu as désobéi à mes ordres mais ta décision partait d'une bonne intention. Ton interprétation de l'article 8 pourrait être discutée, si on avait du temps à gaspiller. Je préfère considérer que tu as agi au mieux.

J'ai du mal à en croire mes oreilles. Je m'étais préparé à l'engueulade du siècle !

– Cependant, il est de mon devoir de te dire que tu as pris beaucoup de risques. Trop de risques. Je ne parle pas des trolls.

– Le magicien noir, c'est ça ? Vous savez qui c'est ? J'ai bien vu le regard que vous avez échangé, avec Rose, quand j'ai parlé de lui !

– Pour te parler franchement, soupire Walter en se massant les tempes, nous pensions qu'il était mort. Visiblement, cette information était erronée. Ce qui est sûr, par contre, c'est que tu as affronté un individu extrêmement dangereux.

Le visage de Walter arbore des signes évidents de contrariété.

– Vous m'en voulez ?

– Mmm ? Hein ? Qu'est-ce que tu dis ?

– Est-ce que vous êtes fâché contre moi ? Vous dites que non mais je vois bien que quelque chose ne va pas.

– Il y a beaucoup de choses qui ne vont pas en ce moment. Ce magicien en est une parmi d'autres. Comme autant de signes annonçant l'orage.

– Ce sont les mouches qui annoncent les orages, pas les cygnes, je lance sur un ton désinvolte pour détendre l'atmosphère.

– Qu'est-ce que tu dis ?

– Rien. Alors vous ne m'en voulez pas ? C'est chouette !

– Tu auras quand même un blâme dans ton dossier. Ce serait trop facile si on pouvait s'en tirer à bon compte après avoir désobéi.

Puis il me désigne la porte, indiquant ainsi de manière peu subtile la fin de notre entretien.

– Euh, c'est tout ? je dis en me levant. Vous m'avez fait venir dans votre bureau pour me dire que j'avais pris trop de risques ?

– Ces stagiaires ! grogne-t-il. En l'espace de cinq minutes, je t'ai fait deux compliments et tu n'as retenu que le blâme.

– Des… compliments ?

– J'ai reconnu à demi-mot que tu avais bien fait de voler au secours d'Ombe et j'ai sous-entendu que tu avais triomphé d'un mage dangereux. Tu as de la cire dans les oreilles ?

– Ah, euh, très bien. Merci ! Et… Il y a quelque chose d'autre que vous avez dit et que je n'aurais pas compris ?

Walter soupire en me fixant et en secouant la tête.

– Ta mise à pied est levée. Je n'aime pas l'idée que tu puisses faire de nouveau cavalier seul. Autant utiliser le trop-plein d'énergie qui t'anime dans l'intérêt exclusif de l'Association ! Tu viendras me voir juste après les fêtes. J'aurai une mission pour toi. Maintenant laisse-moi. J'ai des problèmes à régler qui, eux, sont vraiment importants.

Je ne me fais pas avoir, cette fois. Je bondis hors de la pièce avant qu'il ait le temps de se raviser.

La nuit est tombée.

Dans la rue, les réverbères et les lumières des boutiques s'épaulent pour contenir les ténèbres. La ville a créé le jour perpétuel.

Je jette derrière moi de fréquents coups d'œil. La dernière fois que j'ai quitté l'immeuble, je me suis fait méchamment agresser par un type qui a essayé de me griller avec son Taser trafiqué. Je me rappelle comme si c'était hier le jet de flammes froides qui m'ont brûlé à l'intérieur. Brrr ! Je dois mon salut au fameux collier que je portais ce soir-là et qui attend sur la table de mon labo d'être rechargé en énergies positives.

Je me rends compte que j'ai complètement oublié de signaler cette agression à mademoiselle Rose.

Ça peut paraître incroyable, mais avec le début des vacances et les répétitions pour le concert, l'épisode m'était complètement sorti de la tête.

J'hésite à rebrousser chemin. Je me sens tout d'un coup très fatigué. Je me dis qu'au point où on en est, l'information attendra bien quelques jours de plus.

Je préfère profiter du sentiment de soulagement

que j'éprouve depuis que j'ai quitté les locaux. J'appréhendais vraiment cette visite et je me félicite de son heureux dénouement.

Enfin presque.

Car quelque chose a changé depuis mon dernier passage rue du Horla : le regard que je porte sur l'Association. Il s'est légèrement modifié.

Oh, je fais toujours confiance à mademoiselle Rose. Une confiance totale. L'Association, quant à elle, n'a rien perdu de son attrait, au contraire. J'apprécie davantage, à la lumière de mes récentes aventures, la façon dont elle a bouleversé ma vie.

Non, c'est juste qu'elle a perdu un peu d'éclat.

L'histoire du pseudo-spécialiste des trolls m'a incité à réfléchir. Le fait que l'Association ne puisse pas m'aider dans l'évolution de mes rapports avec la magie aussi. Walter, lui, m'a paru étrangement inquiet.

Je sais qu'il a beaucoup de responsabilités, mais quand même. J'ai cru comprendre qu'il y avait en ce moment une agitation inhabituelle du côté des Anormaux. J'espère que la situation n'est pas en train de lui échapper.

« Le doute n'est rien et le doute est tout », a écrit Gaston Saint-Langers. C'est bien ça qui m'embête : je me surprends à douter de tout.

À propos de bête et de doute, les visages accusateurs de Romu et de Jean-Lu font brutalement irruption dans mon esprit alors que je passe devant une affiche annonçant le concert d'un groupe inconnu.

Mes deux amis, injustement abandonnés le soir de notre triomphe ! Les appeler, tout de suite. Allez, vite. Pour me débarrasser de ce sentiment de culpabilité qui, aussitôt ranimé, va me rendre la vie insupportable.

Je fouille fébrilement ma sacoche à la recherche de mon téléphone, en espérant qu'il reste un peu de batterie, et j'en sors… le portable d'Ombe. Ah ! Je coche mentalement, dans la liste des tas de trucs à faire dans les heures à venir, la case « Penser à prévenir Ombe que j'ai récupéré son téléphone ».

J'observe l'appareil un moment, mélancolique. La lueur bleue déclenchée par le sortilège de Julie Yeux-de-braise s'est éteinte. Depuis combien de temps ? J'aurais dû le noter. Quand je pense qu'Ombe ne saura jamais que j'ai volé à son secours.

Volé… Deuxième sursaut mémoriel : mon scooter ! Il faudra que je pense à aller le chercher, lui aussi. En priant pour qu'il soit encore là, et pas complètement désossé.

Mais chaque chose en son temps. Le plus important d'abord. Heureusement, il reste une barre sur le logo de charge de mon propre téléphone.

Je constate que j'ai reçu plusieurs messages. Je les écouterai plus tard.

Je compose en premier le numéro de Romu. Je me livre plus facilement à Romu qu'à Jean-Lu. Romu est toujours à l'écoute. Enfin, presque toujours.

« Salut salut, bon ben j'suis pas là. Rappelez plus tard. Ciao. »

Je ne dirai rien à une messagerie. J'ai besoin de parler à un être vivant, de lui confier en face, enfin, à l'oreille, à quel point je regrette d'avoir agi comme je l'ai fait.

Nouvelle numérotation.

– Jean-Lu ? C'est toi ou ton répondeur ?

– *Jasp ? Non, c'est moi. Dis tout de suite que j'ai une voix de répondeur !*

– On dit rapporteur, pas répondeur, gros cancre ! je lâche, incroyablement heureux d'entendre sa voix gouailleuse.

– *Tu vas bien ? On s'est inquiétés, l'autre soir, avec Romu…*

– C'est vrai ? Tu sais, Jean-Lu, je suis désolé de vous avoir laissés tomber. Je ne pouvais pas faire autrement. Je suis désolé, vraiment désolé.

Ma voix se perd dans les hoquets.

– *Ne t'inquiète pas, vieux. Est-ce que ça va ? Tu n'as pas l'air dans ton assiette.*

– Ça va. C'est juste que… c'est compliqué.

– *Tu ne veux pas m'en parler ?*

– Pas maintenant, Jean-Lu. Mais je te promets que je le ferai.

– *C'est une fille ? Cette fameuse Ombe dont parlaient les goths juste après le concert ?*

– Oui, j'avoue en soupirant, une fille. Mais pas celle-là. Une autre.

– *Effectivement, je vois pourquoi c'est compliqué ! Tu me raconteras, hein, promis ?*

– Promis, Jean-Lu. Alors, tu ne m'en veux pas trop ?

– *T'en vouloir ? Tu es fou, Jasp ! Après le carton qu'on a fait au* Ring, *on est partis, Romu et moi, avec les filles hystériques qui nous attendaient en trépignant à la sortie ! Une orgie, vieux, je te dis pas !*

– Arrête ! je dis en faisant comme si j'y croyais. Non ! Tu me fais marcher !

– *Oui, hélas. Mais on a récupéré deux cartes de bars intéressés par des concerts.*

– Génial ! je fais, cette fois sans simuler. Oui, ça c'est génial. Tu sais, j'ajoute en pensant immédiatement à mon expérience festive trollesque, j'ai plein d'idées de morceaux.

– *Waouh ! Je suis impatient d'entendre ça…*

– Justement, je rebondis, tu as prévu quoi, ce soir ? On pourrait se retrouver et…

– *Hey, vieux, oh, stop. Ce soir je ne vais nulle part.* C'*est Noël ! La dinde, la famille ! T'as oublié ?*

Noël… Alors on est le 24 décembre ? Déjà ? Glups.

– Oui, euh, non, t'as raison, faut que je rentre chez moi. On se rappelle !

– *Passe de bonnes fêtes, vieux. J'espère que tu auras de beaux cadeaux. Et sois sage !*

– Merci, Jean-Lu, je dis juste avant de raccrocher. Toi aussi.

Ma mère doit être dans tous ses états. Comment

est-ce que j'ai pu oublier le sacro-saint soir de Noël ? Elle a sûrement essayé de me joindre, mais avec le sort de Julie Yeux-de-braise… Je tente aussitôt de l'appeler.

Aïe. Le coup de fil avec Jean-Lu a vidé ma batterie. Il ne me reste plus qu'à courir.

Épilogue

Lorsque je pousse, haletant, la porte de l'appartement, je m'attends à des odeurs de nourriture, des bruits de cuisine et de la musique occitane (dernière lubie de ma mère).

Mais je suis accueilli par l'obscurité et un silence de mort.

L'adrénaline envahit mon corps, comme un coup de fouet. Il est arrivé quelque chose, il est forcément arrivé quelque chose !

J'avance de quelques pas prudents dans le couloir, cherchant l'interrupteur à tâtons. La lumière jaillit et, au lieu du théâtre de désolation que je redoutais, à la place des vestiges de la fin du monde, elle éclaire un endroit tout à fait paisible, écœurant de normalité.

Je me débarrasse de mes affaires contre le mur et fonce dans la cuisine. En retenant mon souffle.

La lettre, posée en évidence sur la table, me cueille comme un crochet à l'estomac.

Je l'ouvre d'une main tremblante.

« Jasper, mon chéri,

Ton père est obligé de rester à New York pour les fêtes. En plus, des amis à lui, très importants, tiennent absolument à me rencontrer. L'un d'eux possède une galerie prête à exposer mes créations !

J'ai vainement essayé de t'appeler durant deux jours. Dès que j'ai su pour New York. Parce qu'il était évident que tu venais aussi !

Mon grand garçon indépendant. Tu es presque un homme, maintenant. Pour que tu t'absentes aussi longtemps sans donner de nouvelles, c'est qu'il y a une fille quelque part. Ou deux ? Rappelle-toi les cartes ! ;-) J'arrête de t'embêter. Tu as sans doute décidé de fêter Noël avec ton amie. Je ne suis pas jalouse, rassure-toi, j'ai même hâte de la rencontrer !

J'ai laissé dans le frigo de quoi te préparer un bon repas. Et j'ai posé tes cadeaux dans le salon, au pied du sapin.

Je serai de retour dans quatre ou cinq jours. Je pense très fort à toi.

Ton père t'embrasse (il me l'a dit au téléphone).

Maman. »

Les bras m'en tombent. La lettre aussi, d'ailleurs.

Comment une mère peut-elle penser que son fils de seize ans va déserter le réveillon de famille pour une copine ?

Je reste là un long moment, halluciné, oscillant entre l'envie de la haïr momentanément ou définitivement.

Je finis par revenir dans le salon, après avoir rageusement froissé sa lettre.

Dans un coin de la pièce, effectivement, il y a un petit sapin (un vrai) avec des guirlandes, des boules rouges et bleues et des cheveux d'ange. Au pied, un gros paquet et quelques petits cadeaux, enveloppés de papier brillant.

Elle a dû y passer un temps fou.

Plus je regarde cet arbre minutieusement décoré et plus mon ressentiment faiblit. Après tout, c'est moi seul qui suis responsable de ce fiasco. J'avais même oublié l'existence de Noël, jusqu'à ce que Jean-Lu me la rappelle !

N'importe quelle mère sans nouvelles de son fils au bout de deux jours aurait envoyé la police à ses trousses.

N'importe quelle mère aurait transformé le réveillon en séance de règlement de comptes, le privant de ci et de ça pour le punir de sa fugue.

Et n'importe quelle mère aurait sans doute eu raison.

Mais la mienne, elle, malgré la déception, la tristesse, a su voir mon absence de façon positive.

Et puis elle a fait ce sapin pour moi, en sachant que je serais le seul à en profiter.

Je ne peux pas vouloir une vie exceptionnelle et exiger de mes parents qu'ils en aient une ordinaire. Ça ne serait pas juste.

J'aurais quand même bien voulu qu'ils soient là, ce soir plus encore qu'un autre.

Je commence par mettre mon portable en charge, pour le cas où ma mère essayerait d'appeler. Tous les messages sont d'elle, sur mon répondeur.

Je me sers ensuite un gigantesque verre d'eau que je vide d'une traite.

Puis je décide d'ouvrir mes cadeaux.

Le gros paquet contient le célèbre traité d'alchimie *In occulto*, écrit par le père exorciste Vito Cornélius, au XVe siècle. Je pensais qu'il n'existait pas d'exemplaires originaux. Cet incunable a dû coûter les yeux de la tête à ma mère (enfin, à mon père). Je caresse affectueusement la couverture de cuir craquelée. Je le feuilletterai plus tard, à tête reposée.

D'autres paquets, colorés, renferment des herbes aromatiques et des bougies.

Enfin, dans la dernière boîte, je trouve un bracelet. Un bracelet en argent, incrusté de turquoise, de jais et de calcite. Lui aussi a sûrement coûté une fortune !

Je le glisse à mon poignet et j'imagine ma mère emballant tous mes cadeaux, se réjouissant de mon plaisir à l'avance.

Je m'amuse à réveiller le bijou en caressant l'argent et les pierres avec leur nom :

– *Ilsa…* *Sar luïné…* *Sar morë…* *Sar calima…*

Le bracelet vibre et frémit sur ma peau. Je me sens (un tout petit peu) moins seul.

Vautré dans le canapé, je suis incapable de décider ce que je vais faire de ma soirée. Regarder un film ? Écrire au spécialiste des trolls pour corriger ses âneries et lui présenter les excuses d'Erglug pour sa jambe ?

Le téléphone a l'heureuse idée de sonner pour m'éviter de prendre une décision. Je m'empresse de décrocher.

La voix que j'entends me fait sursauter.

– *Allô, Jasper ? C'est... c'est Ombe.*

– Ombe ? Mais... je... tu...

Pour tout dire, j'étais persuadé que c'était ma mère qui appelait.

Je me pince fort et ne réussis qu'à me faire mal.

De l'autre côté du combiné, le silence. Vite, Jasp. Ajoute quelque chose, n'importe quoi.

– Je... je suis content que tu m'appelles. Je pensais justement à toi et... et... Tu... tu as besoin de... quelque chose ?

Bravo. Quelle présence d'esprit, quel tact !

– *Non, je n'ai besoin de rien de particulier.*

Ombe a une voix bizarre, ce soir. Et puis, elle ne s'est pas encore énervée contre moi. Ça me pousse à continuer.

– Un sortilège, une liste d'ingrédients ? je dis. Ou un truc infaillible pour liquider un Élémentaire ?

Je la sens sourire, là-bas, je ne sais où.

– *Je ne suis pas en mission en ce moment. Je pensais*

qu'on pourrait peut-être boire un verre ensemble. Enfin, si tu en as envie.

Si j'en ai envie ? Bon sang ! Je déglutis.

– Je… Maintenant ? Je… Aujourd'hui ? Je veux dire, le soir de Noël ?

Silence.

– *Euh… désolée, Jasper. Je suis un peu en vrac en ce moment et je n'ai pas fait attention. On se rappellera plus tard, d'accord ?*

Elle va raccrocher. Cette idée me panique.

– Attends !

J'ai presque hurlé dans le combiné.

– Attends, Ombe, ce n'est pas ce que… Je me fiche de Noël. Je veux dire, ce n'est pas important. Pas plus qu'un autre soir.

Je reprends mon souffle.

– Ombe ?

– *Oui ?*

– Ta proposition… C'est sérieux ?

– *Ouais. Sauf si l'idée de boire un verre avec moi te fait perdre la boule. Je n'ai aucune envie de discuter avec un type qui aurait pété un câble à cause d'une surtension émotionnelle.*

C'est curieux, mais entendre Ombe parler normalement me rend une certaine assurance.

– *Et sauf si cette idée te donne… des idées justement,* continue-t-elle sur le même ton. *Je te propose un coup à boire, Jasper, pas une partie de jambes en l'air. On est d'accord, n'est-ce pas ?*

– Évidemment, c'est ce que j'avais compris, je rétorque agacé et vaguement déçu. Tu veux qu'on se retrouve où et quand ?

– *Chez toi si tu y es, et le temps d'arriver si ça te va.*

– Ça me va.

– *Tu habites où ?*

– Avenue Mauméjean… bes en l'air !

– *Quoi ?*

Cette fois, c'est moi qui souris. Encore un effort et j'arriverai à rester complètement moi-même avec Ombe !

– Oublie, je dis, c'est un de mes jeux de mots pourris.

Je lui donne rapidement l'adresse exacte de l'appartement et les codes d'accès, puis elle raccroche, me laissant abasourdi.

Ombe va venir chez moi, elle veut qu'on passe Noël ensemble. Comme des… amis. Peu importe. Elle était seule, elle pouvait appeler n'importe qui.

Elle m'a appelé, moi.

Les mots inscrits sur la feuille chiffonnée dans la cuisine me reviennent brusquement en mémoire et l'évidence me saute aux yeux : les cartes, la lettre…

Ma mère est sûrement une devineresse !

Et moi un crétin.

Je secoue la tête, tellement c'est évident.

La jeune femme de la Force affrontant un lion, toute de joie et d'énergie vitale, celle qui faisait battre mon cœur, n'est pas, n'a jamais été Ombe, mais Arglaë !

Ombe, elle, c'est l'Impératrice sur son trône, avec un bouclier pour se protéger des bassesses du monde et des ailes d'ange descendu du ciel.

Bienveillante et inaccessible…

L'Amoureux n'a plus à faire de choix.

Erik L'Homme

L'auteur

Erik L'Homme est né en 1967 dans les montagnes du Dauphiné. Une enfance drômoise au contact de la nature et des livres, lui a donné le goût des escapades en tout genre. Parti sur les traces des héros de ses lectures, bourlingueurs et poètes, ses pas l'ont entraîné aux portes de l'Asie centrale, sur la piste de l'homme sauvage, et jusqu'aux Philippines, à la recherche d'un trésor fabuleux. De retour en France, il a entrepris la rédaction d'une thèse de doctorat d'Histoire et civilisation. Il a ensuite travaillé comme journaliste dans le domaine de l'environnement. Le succès de ses romans pour la jeunesse lui a permis de vivre de sa plume et de partager son temps entre l'écriture, les voyages et les longues marches. C'est en 2008, un soir de décembre, que Pierre Bottero et lui ont imaginé une série fantastique dont ils signeraient alternativement les livres. *A comme Association* était né.

Du même auteur chez Gallimard Jeunesse

FOLIO CADET

Contes d'un royaume perdu, n° 462

FOLIO JUNIOR

Cochon rouge, n° 1523

A comme Association

1 - *La pâle lumière des ténèbres*, n° 1686

Les Maîtres des brisants

1 - *Chien-de-la-lune* 2 - *Le Secret des abîmes*, n° 1471

3 - *Seigneurs de guerre*, n° 1597

Phænomen

1 - *Phænomen*, n° 1463

2 - *Plus près du secret*, n° 1482

3 - *En des lieux obscurs*, n° 1498

Le Livre des Étoiles

1 - *Qadehar le Sorcier*, n° 1207

2 - *Le Seigneur Sha*, n° 1274

3 - *Le Visage de l'ombre*, n° 1319

HORS-PISTE

Les Maîtres des brisants

1 - *Chien-de-la-lune* 2 - *Le secret des abîmes*

3 - *Seigneurs de guerre*

GRAND FORMAT LITTÉRATURE

Le Livre des Étoiles

1 - *Qadehar le sorcier*

2 - *Le Seigneur Sha*

3 - *Le Visage de l'ombre*

Phænomen

1 - *Phænomen*

2 - *Plus près du secret*

3 - *En des lieux obscurs*

A comme Association

1 - *La pâle lumière des ténèbres*

3 - *L'étoffe fragile du monde*

5 - *Là où les mots n'existent pas*

6 - *Ce qui dort dans la nuit*

7 - *Car nos cœurs sont hantés*

8 - *Le regard brûlant des étoiles*

Terre-Dragon

1 - *Le souffle des pierres*

SCRIPTO

Des pas dans la neige

Le regard des princes à minuit

ALBUM JUNIOR

Contes d'un royaume perdu

Découvre le quatrième volet
de **A comme Association** :

Le subtil parfum du soufre
Pierre Bottero

(Disponible en Grand format)

Extrait du premier chapitre

Ombe c'est moi.

Ombe Duchemin.

J'ai dix-huit ans, de l'avis général je suis du genre canon, quoique je ne sois pas fichue de garder un mec plus d'une semaine, et je travaille pour l'Association.

Description un peu trop lapidaire, j'en ai conscience.

Je lui adjoins donc quelques détails.

Je suis née au Canada ou, plutôt, on m'a trouvée au Canada, endormie dans la neige. Si on précise que j'étais alors âgée de quelques jours à peine, que la personne qui m'avait déposée à cet endroit – un kidnappeur ? ma mère ? un fou ? – n'avait pas jugé nécessaire de m'habiller et que, par conséquent, j'étais en train de mourir, les problèmes relationnels et comportementaux que je trimballe depuis cette époque deviennent compréhensibles, non ?

J'ai grandi à Montréal, testant tous les centres pour mineurs en détresse de la région puisque aucune famille d'accueil n'a jamais voulu m'accorder davantage qu'un CDD de courte durée. Cela m'a privée du goût des baisers, des histoires du soir dans le lit et de ce qui constitue le quotidien d'une enfant normale mais, en contrepartie, j'ai acquis une autonomie en béton armé et un instinct de survie aussi affûté qu'un rasoir. Et si j'ai toujours été solitaire – seule ? – je n'ai jamais été malheureuse. Presque jamais.

Je suis grande, blonde, les cheveux courts, les yeux bleus, la peau mate et, comme j'adore le sport, j'ai un corps qui tient la route. Pour en découvrir davantage sur mon physique – grincement de dents – il suffit d'acheter la revue pour laquelle j'ai posé récemment. Le photographe – nouveau grincement de dents – m'a roulée et j'y apparais plus dévêtue que je ne l'escomptais...

Moment essentiel de mon histoire personnelle, j'avais quatorze ans quand j'ai été contactée par l'Association, quinze quand j'ai signé mon contrat, dix-huit quand j'ai quitté le Canada pour rejoindre l'antenne française et commencé à bosser.

C'est en France que j'ai établi mes premières relations humaines dignes de ce nom. Laure et Lucile, les deux nanas avec lesquelles je partage un appart rue Muad'Dib, Walter, mademoiselle Rose et le Sphinx, les trois membres du bureau parisien et, dans une moindre mesure vu qu'il est aussi horripilant qu'attachant, aussi blaireau que brillant, Jasper, Agent stagiaire comme moi.

Il y aurait pas mal d'autres choses à dire : le nombre étonnant de langues – vivantes – que je maîtrise, mon aversion pour les enseignants qui n'a d'égale que le plaisir que j'éprouve à apprendre en lisant, ma passion pour les activités à risques, mais j'aurais l'impression de me répéter et j'ai un entrepôt à explorer.

La suite plus tard, si tout se passe bien.

Je fourre les clefs de ma bécane dans la poche de mon blouson en cuir, j'attrape mon casque et je me dirige vers ce qui ressemble à une porte rouillée version siècle dernier. Avant de l'atteindre, je réalise que, question discrétion, je me suis vautrée. Les talons de mes santiags résonnent sur l'asphalte, suffisamment fort pour qu'au cas où des garous trafiqueraient dans le coin je n'aie aucune chance de passer inaperçue.

Je n'ai jamais rencontré de garou, mais ce que j'ai lu à leur sujet ne laisse aucune place au doute : ouïe et odorat surdéveloppés !

Toute à ma joie d'avoir enfin déniché les bottes dont je rêvais, je n'ai pas envisagé une seconde de les quitter pour enfiler une paire de baskets. Bien joué, Ombe !

Encore un détail que j'aurais dû ajouter à mon autodescription : une tendance très marquée à privilégier l'action sur la réflexion.

Bon, le mal est fait et comme je n'ai pas l'intention de retourner à l'appart pour changer de godasses, autant continuer.

La porte est ouverte.

Tant mieux parce que je me voyais mal utiliser la magie pour la forcer. Et ce, même si j'en suis capable.

Euh… suis censée en être capable. Autant Jasper

est un pro question sortilèges, autant je suis du genre maladroite dès qu'il s'agit de manier les arcanes. Personne n'est parfait !

Il fait nuit à l'intérieur. Beaucoup plus qu'à l'extérieur. Je plonge la main dans le sac à dos qui ne me quitte jamais et j'en extrais la lampe-torche rangée à côté du nécessaire à magie fourni par le Sphinx.

Lumière.

L'entrepôt est vaste et délabré. Des machines-outils percluses de rouille agonisent en silence dans la poussière, des piles de palettes attendent l'improbable camion qui viendra les chercher pour recyclage tandis que des cartons moins patients ont déjà commencé à se décomposer. Une odeur prégnante d'huile rance et de cendres aigres imprègne les lieux.

Qu'est-ce que des garous ficheraient ici ?

Je sais qu'ils vivent en clans urbains et qu'ils aiment les endroits discrets mais ils sont aussi connus pour leur goût de la propreté et leur besoin d'air pur. Et il n'y a ni l'une ni l'autre ici.

« Un clan de garous marginaux serait utilisé par des vampires déviants pour surveiller la fabrication d'une drogue illicite. Ils oeuvreraient dans des entrepôts désaffectés du bord de Seine, non loin du bois de Vincennes. Ta mission consiste à enquêter, à démêler le vrai du faux et à effectuer ton rapport, en aucun cas à intervenir. »

C'est, au mot près, ce que contenait l'enveloppe que m'a remise Walter. Un Walter qui n'a pas résisté à l'envie de m'asséner une ultime recommandation alors que je quittais son bureau :

– De la discrétion, Ombe ! De la discrétion avant tout !

Le directeur de l'agence parisienne est un inquiet, doublé d'un maniaque de la discrétion, le contraire de moi en somme, et pourtant, bizarrement, je l'aime bien. Si les entrepôts des environs ressemblent à celui-ci, il sera vite rédigé, mon rapport, et Walter évitera peut-être l'infarctus en respirant un bon coup.

J'en suis à ce point de mes cogitations lorsque mon téléphone sonne. Une fois le bref instant de surprise passé, je ne peux réprimer un sourire. Je suis vraiment la reine de la discrétion. Après les santiags, le téléphone ! S'il était au courant, Walter en avalerait sa panoplie entière de mouchoirs. Et pourtant ils sont grands et moches.

Heureusement qu'il ne sera jamais au courant.

Et heureusement qu'il n'y a pas de garous dans le coin. Être repéré en pleine mission de filature parce qu'on n'a pas éteint son téléphone est sans doute ce qui se rapproche le plus de la honte absolue pour un Agent de l'Association.

Découvre d'autres livres

d'**Erik L'Homme**

---

dans la collection

folio junior

LES MAÎTRES DES BRISANTS

1. CHIEN-DE-LA-LUNE
2. LE SECRET DES ABÎMES

n° 1471

Lorsqu'ils embarquent comme stagiaires sur le vaisseau de Chien-de-la-lune, Xâvier le stratège, Mörgane la devineresse et leur ami Mârk ignorent la périlleuse mission de leur capitaine : contrer la flotte de guerre du Khan qui menace de prendre le contrôle de la galaxie. Sauront-ils aider Chien-de-la-lune à déjouer les plans de leur diabolique adversaire dans cette lutte sans merci ? Sur eux repose désormais la survie de l'empire.

LES MAÎTRES DES BRISANTS

3. SEIGNEURS DE GUERRE

n° 1597

La guerre sans merci qui a déchiré la galaxie a pris fin et la paix règne désormais sur Drasill. Mais un nouveau péril, plus terrible encore, va tirer Chien-de-la-lune de son exil : une armada gigantesque déferle sur Planète Morte, anéantissant tout sur son passage. L'envahisseur semble invincible. Seul le vaillant capitaine peut mener la contre-attaque. Même s'il doit pour cela s'allier à son pire ennemi : l'homme qui a enlevé celle qu'il aimait...

Le papier de cet ouvrage est composé de fibres naturelles, renouvelables, recyclables et fabriquées à partir de bois provenant de forêts gérées durablement.

Mise en pages : Maryline Gatepaille

Loi n° 49-956 du 16 juillet 1949
sur les publications destinées à la jeunesse
ISBN : 978-2-07-066195-4
Numéro d'édition : 268798
Dépôt légal : août 2014

Imprimé en Espagne par Novoprint (Barcelone)